あやかし姫を娶った中尉殿は、西洋料理でおもてなし

枝豆ずんだ Zunda Edamame

アルファポリス文庫

https://www.alphapolis.co.jp/

目次

第一話　あやかし姫と堅物軍人、オムライスを食べる

「まぁ、中尉さまはオムライスを召し上がったことがございませんの？」

明治から年号が変わって天興五年。正直なところ、自分のような男がなぜ、と見合いのその時まで小坂源二郎《こさかげんじろう》は疑問で仕方なかった。

世の大人も子どもも知るとおり、幕末に黒船が日本の海に姿を現し、徳川幕府が長く敷いた鎖国を解かんとした。

打ち込まれた大砲の音に、びっくり仰天、と慌てたのは時の政府だけではなく、あやかしや八百万《やおよろず》の神々も同じであったよう。国がしっちゃかめっちゃかになるのは嫌だと、姿を現した大神や大妖が当時の政府とあれこれ相談事をした。

それ以来、お江戸は「帝都」と呼ばれるように。すっぽり霧で覆われるように。あやかしや神々、日本人や外国人が当たり前に暮らすように。帝都軍人である小坂源二郎中尉が、あやかしの姫と見合いをするように、なったのである。

「軍人たる者、朝は白米、味噌汁に漬け物で十分です」

「まぁ。でも、卵はとっても栄養があると聞きますし、それにふわふわしていて、きっとやさしいお味をしているのだと思いますよ。やさしいものは、良いものでしょう?」

座布団の上できっちりと背筋を正し、ちゃらついた洋食など不要、という態度を隠しもせず答えれば、目の前にいる少女の黒髪の上の、金の耳がぴくぴくと動いた。

尾はまだ一尾、金の毛の狐のあやかしという子ども。見合い相手の愛想のない態度にも臆《おく》せず、ころころと喉《のど》を震わせる。

普段は帝都軍人として執務室と訓練場、自宅を行き来するだけの源二郎が、こうしてこの少女の見合い相手になったのは、単なる偶然によるものであった。

黒船が来航した後、時の政府は突然姿を現した「あやかし」と「神々」と、共にこの国を治めなければならなくなった。

もちろん、人間の世の理《ことわり》やまつりごとは、あやかしや神々のものとは違う。だから、人間の世がこれまでどおり、というより、ちょっとの不思議が当たり前になる程度で済むように、みんなで仲良くしましょうね、という約束が交わされた。

人間側にはあやかしの姫が嫁いだ。その姫と夫婦になった男が、さて、亡くなった。八十を超えていたという。二十後半であやかし姫と夫婦になり、随分《ずいぶん》と長く生きた。

遺《のこ》されたあやかし姫はというと、人との間には子どもが残せない。人間の世にいても仕方ないと、あやかしの世界に戻った。

それでは次の姫と「約束」をしようと、当初予定されていたのは六歳の少年。「長く生きるように」と選ばれたのだったのだが、はしかにかかってあっという間に亡くなってしまった。

それで急遽、その少年の叔父である小坂源二郎が、我が子を失って泣く姉を慰める言葉もかけられぬ不器用者が、駆り出されたのである。

見合いといえば料亭と相場が決まっているが、相手が相手。時は夕暮れ、薄明かり、あんどんの下での顔合わせとなった。

あやかしは赤子や獣の肉を食うという噂。好みの料理なんぞ出せないと、義兄は子の葬式と見合いの場所を一緒にした。つまり、ここは寺の一室である。

「……私は女、子どもの喜びそうな言葉は知りません。なので、単刀直入に言いますが、妖狐殿は私の妻になる気がおありか」

あやかしと言っても、目の前にいるのは幼い少女である。なるべく脅かさぬよう大声ではなく努めて低い声で訊ねた。

挨拶を交わして少し、妖狐の子どもがあれこれと物珍しそうに人の世のことを聞いてくるので、これもお役目だと辛抱して答えてきた。しかし、子どもというのはいつまでも興味が尽きない。それで互いの役目を思い出せ、とそう示した。

「中尉さまはどのようにお考えなのですか」

「私ではなく、妖狐殿の意思を訊ねているのです」

ふわり、とあやかしが微笑むので、源二郎は顔を顰《しか》めた。

あやかしと人は、まるで対等にはなれない。軍人である源二郎はそれをよくよく理解している。彼らが少しでも考えを変えれば、たとえ帯刀している軍人であっても、あやかしの爪や牙、怪しげな術にはひとたまりもない。

こうして一応は「見合い」の形を取り「双方の合意の上で」などという茶番を演じてはいるものの、あやかし側、つまりはこの少女が、人間側が差し出す「花婿」を気に入らねば仕方ないのだ。

源二郎は自分が時間稼ぎ、あるいは本来予定されていた「花婿」を用意できなかったことへの謝罪のための供物《くもつ》であると考えていた。自分のような、おおよそ夫に向かぬ性格の男を、政府が本気で「花婿」にしようとするわけもない。

であるので、ここであやかしに「気に入らない」と烙印《らくいん》を押されれば、そのまま食われるか何かと末路は決まっているのだろう。

「姫君とて、私では不服でしょう」

「どうして、ですか？」

「歳が離れすぎている」

源二郎は二十六歳になる。対してこの妖狐は十になるかならないかだろう。本来予定されていた花婿が六歳だったことを考えれば、もっと幼いのかもしれない。

「……中尉さまは、歳が離れすぎているとお嫌ですか？」

「私ではなく、妖狐殿の話をしているのです。——なぜ先ほどから、私のことばかり気にするのですか」

「わたし、中尉さまはこうしてわたしの気持ちを考えてくださるし、とてもおやさしい方だと思いました。やさしいことは良いことですわ。ですから、えぇ。わたし、中尉さまだったらいいなぁって、わたしが決めて良いのでしたら」

「……正気か？」

思わず、源二郎は素が出た。己の何を見て「やさしい」などと言うのか。これまで源二郎の半生で、自分を指してそのように評されたことがない。

幼年期に同じ歳の子どもらと過ごした際には「いつも不機嫌そうな顔をしている」「何か言うと怒られるような気がする」と友らしい友もできず。武術稽古のために通った道場では「おまえを見ていると気を抜くことができなくなる」と師範に溜息をつかれた。

姉や義兄からは「顔が怖い」「おまえといてもつまらない」と再三言われてきたもので、源二郎は「なるほど、自分という人間は他人の心を落ち着かなくさせるのか」と知った。軍人となったのも、規則で律せられた場であれば己の性質もそれほど害にならぬだろうと判じてのこと。

そういう男だと自認している源二郎だ。女、子どもの機嫌を取ることのできる人間だと、周囲も思うわけがない。政府や上司たちが己に死んでこいと言うのなら、そうすべきかと考えていたというのに、このあやかしの姫は、それをやさしいなどとは。

気の毒にと思った。本来なら、今日の場、この幼いあやかしの姫は、己の甥《おい》と楽しく談笑し幼い子ども同士意気投合して、良い時間を過ごせたのだろう。

源二郎は眉間にしわを寄せ、押し黙る。それっきり何も言わずにいると、狐の子どもが困ったように眉をハの字にさせていた。

§

「食われずに済んだじゃあないか！　良かったね！　良か……ぐがっ！」

夜になれば霧が出る。あやかしたちの姿も見られるようになり、うっかりと足を滑らせては彼らの世界に落ちてしまうぞ、と脅かされる頃合い。

自宅に戻った源二郎は、誰もいないはずの家に当たり前のように入り込んで一杯やっている同僚を、無言で殴り飛ばした。軍服の上着もなく着崩した格好の青年が、畳の上に転がる。

「暴力は良くないんじゃないかな！　源二郎！　そんなんだからきみは友達がいないんだぞ！　ぼくくらいしかね！」

「友というのが貴様のようなだらけきった者なら願い下げだ。人の家で何をしている」

源二郎の自称友人、実際のところはただの腐れ縁というか、どれほど邪険にしても何をしてもしぶとく付きまとってくる面倒くさい男である。いつ出会ったのか定かではないが、士官学校に入った頃から目にはしていた。それで、気づけば自分の前によく出没するようになった。

神田湊《かんだみなと》という、同じく帝国軍中尉の地位にいる男。当人は「実家が名家だからね」と嘯《うそぶ》くが、中尉というのはそれなりの地位である。

神田はわざとらしく「痛たたた」などと言いながらも、顔はへらりへらりと笑っている。

「ぼくはこれでもきみを心配していたんだぞ。あやかし姫の見合い相手、なんて言いながら、実際はきみを厄介払いしたい連中が都合良く仕立て上げたんだろう?」

「さぁな。姉が憔悴《しょうすい》していた姿は哀れだった。おれが何かしてやれるなら、それがおれに死ねということなら、それでもいいいだろう」

「きみは全くひどい男だなぁ! きみが死んだらぼくがどれほど悲しむか、考えてはくれないのかい」

悲しいと泣きながら、遊郭の女の膝に埋もれる口実にするだけだろう、と源二郎は鼻で笑い飛ばした。

「それで? どうだった。あやかしの姫、やはり口は大きく裂けていた? 目は火のように燃えていた?」

「馬鹿を言うな。そんなものは迷信だと知っているだろう。霧の出る前の世界じゃあるまいし、昨今あやかしなんぞ珍しくもない」

「狐のあやかしは珍しいよ。狐はほとんどが神族の連なりだからね」

神の眷属《けんぞく》となり、神徒となるのが多いと神田は説明する。

「あやかしのままでいる狐は、あやかしの姫の一族くらいしかいないはずだ」

はたり、と源二郎は上着を脱ぐ手を止める。

実を言えば、源二郎はあやかしに詳しくはない。帝都軍人の多くがそうであるように、ただ軍事訓練と任務をこなし、食べて動いて寝る、そういう男である。

あやかしとの距離が以前よりは近くなったとはいえ、彼らに興味を持って近づかなければ詳しく知ることもない。所詮は別々の世界の生き物だ、とそのように考えられるだけの距離はまだあった。

「源二郎が食われなかったってことは、気に入られたのかな？　次の約束はしてる？　取り決めどおりなら、次は家に招くんだったっけ」

「よく知っているな」

「きみのことが心配でね！」

二言目にはそのように恩着せがましいことを言う男である。

源二郎はようやく軽装に着替え、すでに勝手に膳《ぜん》を持ってきて夕食を始めている神田の隣に、自分も酒を置いた。

から酒は良くない。台所に戻るが、源二郎は男の一人暮らし。食事は朝と昼は軍の食堂を使う。夕食は酒と、魚を焼いたりたくあんを切ったりで済ませたが、どうしたものかと見れば、神田の膳《ぜん》には見慣れぬ茶色い……妙なものがある。

「あぁ、これ？　うちの女中が銀座の店で買ってきたんだ。メリケン粉に卵やバタ、牛乳を混ぜて焼いたものだそうだよ。いろいろ種類があって、これは干した果物が入っているんだ」

「相変わらずおまえは口が奢《おご》っているな」

「当然の権利だね。こうして健康で、そこそこの収入があって、いろんなものの集まる帝都に住んでいるんだからね。おいしいものを食べようとするのは道理だと思うよ」

そういえば、神田は美食家であった。諜報部の所属であるというのもあるだろうが、あちこちと出歩いてはどこぞの店の何がうまかっただのなんだのと言ってくる。

「で、実際のところなんだけどさ。きみはこのまま大人しく死ぬ気かい？」

「お国のために死ねというのなら、そうあるべきだろう」

「さて、どうかな。国のためだと言うのなら、きみはあやかし姫を娶《めと》るべきだ。そう都合良く、姫君の気に入る男が用意できるわけもない。きみの甥御《おいご》さんは気の毒だったけれど、甥御《おいご》さんに次いできみが辞退すれば、誰かがあやかし姫に気に入られるまで食われ続けるかもしれないよ」

「おれが気に入られた、とは思えんが」

源二郎は生きて寺を出たが、しかし自分があの子どもに気に入られたとは思えない。

あの子どもは勝手に自分をやさしいと勘違いしてるだけだ。思い違いをした姿を気に入ったのなら、それは源二郎本人ではない。

「きみは融通が利《き》かない堅物で、二言目にはお国のためだのなんだのと真面目なやつだけど。そのあやかし姫が、きみでなくていいとしても、きみでもいいなら、そうなればいいじゃないか」

「おまえはおれが良い夫になるとでも思えるのか」

源二郎は顔を顰《しか》める。学生時代、ただ道を歩いていただけなのに、女学校の生徒から「顔が怖くてこの道を通れないから帰路を変えてほしい」と訴えられたのを、指差して笑ったのは神田だ。

「さぁ。でも考えようによっては、きみは最高じゃないか。とにかく真面目だ。国のためにこの結婚が必要なんだとしたら、きみは全力で、きみが考えられる全ての方法で姫君を大切にするだろう？」

「おれは女、子どもの喜ぶようなことはわからん」

「でもきみはきっと誠実だ」

国のために、ということを源二郎は改めて考える。己のような男はこのお役目にふさわしくないと思ったが、なるほど、確かに、そういう考え方もあるかもしれない。

四の五の言っていても、どのみち、己もいずれはどこぞから妻を得る。家のための結婚が、お国のために変わるのであれば、それは名誉なことではないか。

「と、いうことで、きみの未来のお嫁さんが、家の下見に来るまでに……何か贈り物でも考えようよ。女性というものは、いくつでも誰かが自分のために何かを選んで贈ってくれることが好きなんだ」

毎週大量の請求書が届けられる神田はやはり言うことが違う。

源二郎は単純な手だとは思ったが、浮いた言葉の一つも知らない己でも何か適当に見繕うことくらいはできるだろう。

それで、あの狐の子どもはどんなものが好きなのか、見合いの中の会話でそれらしい情報はなかったか、と神田に問われるが、思いつくことはない。

「お見合いしたのに、趣味とか特技とか……好きなものの話をしなかった……!? きみたち、何してたの？　かるたでもしてた？」

「馬鹿にしているのか」

「ごめん、すごろくかな」

もう一度殴り飛ばしてもいいだろうか。

しかし、こうして思い浮かばないのも情けない。面白がっているのだろうが、神田は協力すると申し出ているのだ。こちらも何か答えなければ、と記憶を探る。

「そういえば、オムライスがどうのと言っていたな」

「オムライス。へぇ、そりゃ可愛らしいものを。好きなのかな？」

「おれが食べたことがないというのを面白がっていただけだ」

なぜそんな話題になったのかは覚えていない。子どもがあれこれと次から次に話す言葉に意味などないと、聞き流していた。

「それじゃあ、オムライスを食べに行こうか！　そうすれば、今度会った時にきみがもう初オムライスをしたって話ができるしね！」

「今からやっている店などあるのか」

「店はないよ」

あるわけないだろう、今何時だと思っているのだと神田に言われ、源二郎は苛立《いらだ》つ。

「でもオムライスが食べられる場所を知っているんだ。行こう！　君の結婚活動……婚活同盟といこうじゃないか！」

さぁ、と神田は素早く上着を着ると、乱れていた髪や装いを正す。すっきりとした顔立ちの美丈夫は、呑んでいたようには思えない足取りですたすたと玄関へ向かっていった。

「源二郎はオムライスを食べたことがないって言うけど、どんなものかくらいは知っているだろう？」

深夜というわけではないが、それなりに遅い時間。霧の出た屋外には辻馬車も見られるが、多くはあやかし、おぼろ車である。

源二郎は普段、夜中に外に出ることはしない。これは多くの模範的な帝都の民がそうであるが、夜はあやかしや神々の時間で、人は家で体を休め家族と過ごすべき時であるという考えからだ。

亥《い》の刻を少し過ぎたくらいに理由なく出歩くことは「不真面目」「不信心」だなんだと、顔を顰《しか》められるもの。若くして中尉の座に就いている神田は、そういった他人に遊び人と言われようがどこ吹く風で、ひょうひょうと歩いている。

「それくらい知っている。血のように赤く染めた飯を薄焼きの卵で包んだものだろう」

「言い方！　物騒！　まぁ、ひと昔前はね。今はもう明治じゃないんだ。昨今じゃ、煉《れん》獄亭《ごくてい》や南極星《なんきょくせい》だけが洋食店じゃない」

それでは、と神田は目的の場所まであれこれとオムライスについて語り始めた。

「きみも知ってのとおり、オムライスは卵料理だ。オムレツは食べたことが？　ない？帝都に生きているのに、きみは人生の大半を損しているね。まぁそんなつまらない日々とも結婚すればきっとおさらばさ！　――無言で蹴るのやめてくれないかい？　まぁ、それはいいとして。オムレツをチキンライスの上に載せたものとか、まるで西洋婦人のドレスのすそのようにくるりと巻いた卵焼きを載せるものもあるんだ。ひと昔前はね、ライスを一つの具として混ぜてオムレツにしたり、薄焼き卵にただライスが包まれているだけだったけれど、今や我が国は豊かになり、卵はたっぷりと使える。分厚く焼いた半熟の卵に、熱く溶けたバタや米が絡み合うと一等うまいんだよ！」

オムライス、オムライス。たかが卵料理一つに熱く語られても困る。神田は同僚が無反応なので、ふてくされるように唇を尖《とが》らせた。

「いいさ、いいよ。きみはそういうやつだからね。あぁ、見えてきたよ。あの建物さ」

「学生街じゃないか」

少し歩いて着いたのは、源二郎の家のある旧武家屋敷の並びから離れた学生街。あちこちに国元から離れて帝都に来た若者たちが下宿しており、勉学に励むものたちはまだ眠りにつかず、どの部屋の明かりも煌々《こうこう》としている。

その一つの屋敷の玄関前に来れば、すぐにパタパタと、禿《は》げ頭の初老の男がやってきた。

「おやま。おこんばんは。神田様。ふふ、またお腹を空《す》かせてきたんですかぃ」

「やぁ、豆助《まめすけ》。今日は友人を連れてきてね、オムライスを食べたことがないというやつだから、ぜひ拵《こしら》えてやってくれよ」

小柄で貧相、だが妙に顔に愛嬌がある。神田が豆助と呼んだ男は丁寧に頭を下げ、源二郎にも夜の挨拶をした。

「ここはぼくがパトロンをしている下宿先でね。母の故郷で、帝都に上がりたいと志した若者を集めてる。簡単な面接と筆記試験をクリアしたら、無料で六年間、使用できるようにしているんだ」

「初耳だ」

「そりゃそうだ。言ってなかったからね」

へらり、と神田は笑う。なんでもないことのように言うが、源二郎には衝撃的だった。いつもニヤニヤとして遊び歩いているような不真面目な男が、こういった活動をしているとは思いもよらなかった。

なるほど、学生の頃の自分の同級生にも、国元から出て住む場所や食うに困っていたものがいた。自分は実家からの支援があり不自由をしたことがなかったが、そういう同級生は金策に窮《きゅう》し、いつも薄い服を着ていて腹を空《す》かせ、体を壊しがちだった。

それが成績にも影響していたことが、今なら理解できる。ただ、当時の了見の狭い己は、怠慢だと、そう感じていたことも思い出す。

「湊さん！」

「湊先輩！　いらしてたのですか！」

「また面白い話を聞かせてください！」

食堂へと案内される途中、階段からひょっこりと、あちこちあれこれ、学生たちが顔を覗かせ、神田を認めて下りてくる。

あっという間に学生たちに囲まれて、源二郎は難儀した。

「あの、湊さん……ちょっと相談に乗ってもらいたいことがあって」

「こらこら、おまえたち。今日はぼくだけじゃあないんだ。帝都軍人、小坂中尉殿も一緒だぞ。礼儀正しくしなさい」

きらきらと目を輝かせるものたちに、どう対応すればいいかわからずにいると、それをけらけらと笑いながらも、神田が助け舟を出す。すると、学生たちははたり、と表情を変え、背筋を伸ばして礼儀正しい振る舞いになった。

「大変失礼いたしました！　小坂中尉殿！」

先ほど神田に向けていた無邪気に慕う様子とは一変し、きちんと礼儀作法をわきまえた様子に、この子どもたちはきちんと教育を受けているのだろうと感心した。

「今日は友人と食事をしに来たんだ。さぁ、おまえたちは寝るなり勉強に戻るなりしなさい。あとでみんなに汁粉を振る舞うように、豆助に言っておくから」

夜食の差し入れを聞いて、学生たちは嬉しそうに声を上げた。そして各々神田と源二郎に挨拶をして、階段の上に戻っていく。

「ごめんね、騒がしかっただろう」

「若者に活力があることは帝都の未来に活気があるということだ」

「かたいなぁ！　はは、でもそう言ってもらえると嬉しいよ。彼らはみんな、ぼくの弟のようなものだからね」

源二郎の生真面目な答えに、神田は嬉しそうに笑った。

案内された食堂は、木製の大きなテーブルに椅子がいくつもある、学生食堂と言うにふさわしい場所だった。ただ、テーブルの上には花瓶にいけられた花があり、食堂の壁には源二郎の目にもわかるほど優れた画家の作品の絵がいくつも飾られている。

二人が学生たちに囲まれている間に、先に行った豆助がすでに用意をしていたらしく、テーブルの上には二人分のテーブルセット――銀のナイフやフォークなどといった、源二郎の目には珍しいものが並べられている。

「ここでは朝は和食、昼は弁当、夜は洋食と決めているんだ。夜はテーブルマナーも学べるように、晩餐会《ばんさんかい》で使うものを用意してる」

「晩餐会《ばんさんかい》に招かれるものなどわずかだろう」

　ここの学生たちは神田の家の援助を受けている身。となれば家は貧しいものばかりなのだろう。晩餐会《ばんさんかい》のような場に招かれる立場になるのはひと握りの成功者だけだ。

「ぼくが思うに、いつか霧が晴れたなら、きっと誰もが当たり前にナイフやフォークを扱える時代になると思うよ」

　源二郎はぎょっとした。霧が晴れる、などと恐ろしいことを口にすべきではない。霧は国を外国から守る手段だ。霧がなくなればかつての黒船来航の恐怖が再びこの国を支配する。

「神田――」

「さぁ、席につこう！　豆助は手早いからね、あっという間にオムライスを仕上げてしまうよ！」

　へらり、と神田が笑う。いつもの、人懐っこく軽薄な笑顔で椅子を引く。

　神田に限って大それた思想なんぞあるわけがない。のらりくらりと生きるひょうひょうとした男。何も深いことを考えずにあれこれ言っているに違いない。

　それに、源二郎は今は招かれた身であるし、これは長年の友人だ。もし当人が気づかぬうちに危険なことをしているのなら、それはその時、己が止めればいいのだと、源二郎は咎《とが》めようとした言葉を呑み込んだ。

実のところ、源二郎はオムライスはもとより、オムレツすらも、食べたことも見たこともなかった。

維新前はそれなりの武家であった家の長男。実家はかの有名な鹿鳴館《ろくめいかん》への出入りも許されており、それこそ父は頻繁に夜会に出向いていた。

だが源二郎は「自分はそのように着飾る必要はなく、またこの身は常にお国のために精進すべきであるから」と届けられる招待状を断り続け、結果そういった華やかな世界から遠ざかり、西洋料理を口にする機会がなかった。

「……想像より、大きいのだな」

それであるので源二郎は、知識としてはオムライスを「薄く焼いた卵で飯を包んだ料理」と承知していても、それがどんな姿であるのかは知らなかった。

さて、午前は甥《おい》の葬儀に、午後はあやかし姫との見合い、夜には外出し、更に同僚の意外な側面を知るなど、情報量の多い一日であった。

それを締めくくるように、どん、と出されたのは、これも源二郎には馴染みのない真っ白い丸い皿と、そこに高く盛られた赤い飯、その上には辛子《からし》より明るい黄色の楕円に焼かれた卵。

「……なぜこんなに滑らかな表面になるんだ？」

卵焼きというものは、その表面がでこぼこしているものだ。それに、場合によっては茶色く焼きあともある。しかし、出された皿の上の卵焼きは、とても滑らかで美しい。

源二郎にとって食事というものは、飯があり汁があり、副食として小鉢に何か盛られているものだった。それが、このオムライスというやつは大きな平皿にぽん、と飯と副菜であろう卵焼きが載せられている。

聞いた話では上には赤茄子のソースがかけられているはずだが、しかしこの楕円の卵焼きの上には何もない。

これは全く、想像もしない形であった。

「さぁ、真ん中から一気に割ってみてくれよ。驚くぞ！」

「……」

源二郎がまごついているのが神田には面白いらしい。

いつもきびきびと動き、規律を重んじ迷いなど見せぬ男が、見慣れぬ料理を前に困惑している姿が新鮮だと、その口元は軽くつり上がり密かに楽しんでいる。

一度そのにやけ面を張り飛ばしてやりたくなるが、ここは神田の招きの場であるし、己にはこうしてオムライスを食せるようにしてもらった恩がある。源二郎はぐっとこらえて、にやにやしている神田の言うとおりに、慣れぬスプーンを使って卵焼きを真ん中からぷっつりと割った。

いや割ろうとしたのだが、スプーンがオムレツの表面を裂いた途端、ぺろり、とホウセンカの果皮が割れるようにオムレツが開いた。

楕円だった卵焼きは米の上で風呂敷でも広げたように開かれ、中からあふれ出した真っ白いソースが一気に流れて白い皿を染めた。

「……なんだこれは」

「はは！　すごいだろう！　驚いてくれ！　オムレツの中にホワイトソースを包んであるから、こうして割ると卵の部分が広がって、いわゆる薄焼き卵でライスを包んだような状態になるのさ！」

何か神田が得意げに喚《わめ》いているが、源二郎はそれどころではない。

まず感じるのは、鼻に甘くこびりつくようなバタのにおいだ。洋食と言えばバタというのは源二郎も知っている。

医薬品として軍の医務室で見かけたことがあるそれは、妙にべたべたしていて、軍医は砂糖と混ぜると良いと言っていたが、あんなのっぺりとしたものを使う料理がうまくなるとは思えなかった。

次に、赤茄子のものだろう酸っぱいにおいが鼻をつく。においだけで食欲を誘うそれに源二郎は眉間にしわを寄せながら、さっくりとスプーンによそって口に運んだ。

口の中に広がるのは、半熟の卵の甘さとバタの風味。それらが真っ白いソースと混ざり合い、濃厚さを増している。真っ赤に染まった飯の酸味が、バタとソースの濃さをしつこくせず、飲み下した時にはすっきりとした後味になっている。

白いソースと赤茄子で染めた飯が混ざり合えば、薄紅色になった。

半熟や生の卵というのは好みではなかったはずだが、口の中に広がる、ふわふわとした豆腐とはまた違う食感は新しく、不快ではなかった。

「おいしいだろう?」

「……なるほど、女、子どもが好きそうな味だ」

「そこは素直においしいって言おうよ！　無言で完食したくせに！」

大きいと思ったが、食べ始めてしまえば物足りないとさえ感じた。米に卵焼きを載せただけのものだというのに、この満足感はどうだろうか。

己がこれまで口にしてきた厚焼き卵とはまるで違う。あれらは副菜として、または酒のさかなとして食べてきた。だがこの、濃厚で重量感のあるオムライスはまさに、卵と飯をいかにうまく合わせて食すか考え抜かれて作られた品に違いない。

飯の中には細かく刻んで炒められたゆり根に似た野菜に茄子、それに激しく主張せず、しかし肉を食べているのだと意識させる大きさの鶏肉が混ぜられている。

飯はどうやって炊かれたのかべちゃべちゃとしておらず、米一粒一粒の形がはっきりとわかり、バタの油が絡められ輝いていて、美しささえ感じる。

源二郎は口元を白いナプキンで拭い、これならあの妖狐も気に入るだろうと頷いた。

「作り方を聞きたい」

「え？　きみ、まさか自分で作るの？」

「あやかしの姫を一般人に会わせるわけにはいくまい」

◆　◆　◆

神田としては、ただ源二郎にオムライスを食べた、という経験をさせるだけのつもりであった。まぁ、豆助は腕の良い料理人だから、もし源二郎が「これと同じものをあやかし姫に食べさせたい」と望むのなら、源二郎の家にちょっと出すくらいはいいよ、とそう請け負おうとしていた。

しかし、源二郎のまさかの選択に、神田はぽかん、と口を開ける。

「おれの家には通いの女中もいない。今すぐ探して、あやかしに妙な偏見のないものを見つけるのは難しいだろう。であれば、おれが作って出せばいい」

「うん？　そういうもの、かな？」

なんだか違うような、と神田は首を傾げるが、真面目な男の源二郎はお国のためにあやかし姫の機嫌を取ろうという決意をしたようで、それなら彼女の好む料理を自ら作るのは当然だと、そういう思考に行き着いていた。

「あれ？　おかしいな？　そういう話だったたっけ？」

神田は苦笑する。全く、小坂源二郎という男はどこまでも生真面目で、そして誠実な男である。

あやかしが人の世に現れるのが当然になったとはいえ、信仰される神々とは異なり、あやかしというものは恐れられる。たとえばオムライスが食べられるからと銀座や浅草の洋食店にあやかしを伴って入っても、周囲の目は居心地の悪さか、あるいははっきりとした不快感を姫に与える可能性の方が大きかった。

それであるから、姫にオムライスを食べさせたいので自分が作る、というのは、これほどの「正解」もないだろう。

神田は豆助を呼んで、源二郎にオムライスの作り方を教えるよう頼み、豆助は萎縮しながらも「卵料理は料理人の基礎、簡単にできるなんてなめてもらっちゃあ困りますぜ」と鋭く言った。

その態度が、源二郎にはことのほか気に入られた。

生真面目な軍人は、禿《は》げた頭にうだつの上がらぬ風体の中年を「先生」と呼び、仕事が終わると学生宿を訪ねてみっちりとオムライス指南を受け、見事十日目に「これならいいだろう。よくやったな！　若造め！」と、免許皆伝を言い渡された。

◆
◆
◆

さて、それでは二度目の見合い、というなんとも妙な名目だが、事実であるので仕方ない。今日は、夕刻にあやかしの姫が源二郎の屋敷を訪ねてくる。

源二郎が一度目で気に入られたので、次は実際に住む家を見てもらうのが通例だ。あやかしにとって「家」というのは重要で、庭や玄関のあつらえがどんなものか、あやかしにとって過ごしやすい場であるかなど……。源二郎にはわからないが、京の陰陽師《おんみょうじ》がものの位置にこだわるようなものだろう。

姫が来るのは夕刻であるからと、源二郎はいつものとおりに仕事へ出た。

お国にとって大事な縁談のさなかであるから、源二郎に外へ出る任務はない。それでも中尉ともなれば書かねばならぬ書類が多くあり、上司や上層部に「本日は休んで自宅の手入れでもしてはどうか」と勧められても、勧めであって命令ではないのだからと黙々と机についた。

十日間の修業にて、師よりオムライス限定ではあるが免許皆伝を言い渡され、本日はその成果を披露する日である。帰路につく途中で、商店街に寄るつもりであった。

源二郎は事前に赤茄子やバタなどは用意したが、豆助先生より卵は新鮮なものがいいと言い聞かせられていて、それを生真面目に守った。

「こ、これは軍人さん！　何かお探しで！」

「卵を探している。大陸のものではなく、こちらのものはあるか」

「へぇ、そりゃあもう。うちは肉屋でございますから」

日本人が卵を食べるようになったのは江戸時代からであるが、それはそれは高価なものであった。かけそばが一杯十六文に対して卵一つ二十文だった当時は、滋養強壮、精がつくと、病人やまたは吉原《よしわら》の遊女らが口にすることが多かった。

しかし江戸時代は、食道楽の江戸っ子たちが駆ける時代。当時卵料理だけをひたすら百つづった「卵百珍」という料理本も出版されていたもので、高い高いと言いながらもそれなりに広く食べられていたのかもしれない。

さて、霧に守られながらも文明開化の音は国中に響き渡り、西洋の影響を受けて帝都でも多くの洋食店が開かれた。

これまで卵と言えば、鶏が愛玩《あいがん》から食用になり、飼育している農家がついでに売りに来るようなものだったが、鶏は毎日卵を産むわけではない。それで、毎日卵を産むようにと改良された大陸の鶏が日本に多く仕入れられ、以前よりは頻繁に卵が食べられるようになった。

「しかし、軍人さんは運が良かったですよ。卵売りもいますがね、最近どうにも商売できないようで」

「どういうことだ?」

「へぇ。どうも卵売りの連中、最近は卵を仕入れても仕入れてもみぃんな盗まれちまうみたいで」

「盗難事件か。届けは出しているのか」

「そりゃあもちろん出しているでしょうが、たかが卵だろうと、あまり熱心じゃあ、おっと、いけね。軍人さん、今のは……」

お上を批判するようなことを口にしたことに店主ははっとして、源二郎の顔色を窺った。

「構わん」

軍や警察というものは、市井《しせい》の安心と安全のために存在するのだ。訴えを聞いてきちんと調査し、解決に向けて尽力しているという姿勢を示さず不満を抱かれるのは、こちらの怠慢ゆえである。

さて、源二郎は軍に属している。警察官とはまた立ち位置が違うし、互いに犬猿の仲である部分もあるが、しかし、市井《しせい》のものからすれば「お役人」とひとくくりだ。

それであるから、咎《とが》めず、むしろ「すまない」と頭を下げる源二郎に、店主は萎縮した。

「しかし、どの卵売りも全て盗まれているのか？」

そんなに大量の卵をどうするのだ、というのが第一の疑問だ。卵というのは薬にもなるが、日持ちするものではない。商売用に仕入れている卵を、一カ所からではなく複数から根こそぎ、というのはなんとも奇妙な事件だった。

「その、あんまりにも警察の方々が動いてくださらねぇんで、こいつぁもしや化け物どものの仕業かもしれねぇ、なんて言い始めるものもおりまして」

化け物。あやかしや妖怪を未だにそう呼ぶものは多くいる。源二郎は軍帽の下で眉をひそめたが、店主は気づかない。

「なるほど。だが、おまえのところは無事なようだが」

「……まぁ、えぇ。それで嫌な思いもしておりますがね。まぁ、うちみたいに今でも肉屋で卵を売ってるってのは珍しいから、化け物どもも気づいてないってだけかもしれませんが」

鶏が毎日卵を産み、安価な卵を安定して仕入れられるようになってからは、以前のように肉屋のついでに卵を売るところは少なくなった。そうは言ってもどうして自分のところだけは盗まれないのか、店主は町民たちから疑いの目をかけられているのだとこぼす。

「盗まれた卵の量は、そりゃあたくさんでしょう？　そんなもん、どうしろって言うんです」

食うにしたって限界があるだろう。それとも盗んで、わざわざ処分するのか。それでも卵というのは殻が残る。そんなに大量の卵の殻、人の暮らしをしているものであれば必ず目について怪しまれるではないか。

ぶつぶつと言う店主に、源二郎は自分の方でも何か聞いてみようと請け負った。

店主はあまり期待はしていなさそうな顔で頷きながら、源二郎が求めたとおり卵を六つ包んでくれる。

「大きさ、それに重さもいい。中々いいものだな、これは」

「へぇ、ありがとうございます。大陸のものが出てからも、こちらの卵はいいものだと忘れないでもらいたいと、仕入れ先の農家が雌鶏に食わせるものを工夫したり、運動をさせたりと試してくれているんで」

「そうか。味が良ければまた買わせてもらおう」

贔屓《ひいき》の軍人ができるのは良いことだった。暗い噂を立てられている店に軍人が出入りして贔屓《ひいき》客になっていれば、落ち込んでいる評判も回復する。

店主は先ほどとは打って変わって破顔して、頭を下げた。

「それと、化け物は蔑称だ。以後口にしないように」

「も、申し訳ありません」

それでも源二郎はきちんと、言うべきところは言って、ぴしり、と相手の背筋を正させた。

目的のものも集まったので、あとは家に帰るのみだ。あやかし姫が来るまで一刻ほど余裕があるとはいえ、火をおこし米を炊いておかねばならない。

「おい！　おまえ！　この前もこの辺をうろちょろしていたな⁉」

源二郎が頭の中で、帰宅してから行う作業を並べ優先順位を立てていると、にわかに周囲が騒がしくなった。

「ち、違う……ぼくは！」

「貧乏学生が物欲しそうに見やがって！　金がねぇやつは消えろ！」

野菜や魚が並ぶ商店街にて、いかめしい男たちが一人の学生を囲んでいる。その学生の顔には見覚えがあった。

「あの子どもは確か、神田のところの」

上等ではない何度も繕われた着物に粗末な下駄を履いている。気弱そうな青年は大人たちに囲まれておどおどとしながら、周囲に助けを求めるように視線を彷徨《さまよ》わせた。

「どうした」

源二郎が人だかりに近づけば、さっと道が開く。

見るからにかたぎと言いがたい風体の男たちだ。なるほど、肉屋の店主が言う盗難事件について、ここらを取り仕切るやくざものが解決、あるいは用心棒にと出てきたのか。

こういった反社会的な連中がのさばり、町民が連中を頼りにしてしまうのは、警察がふがいないからである。

源二郎はならずものと学生の間に割って入り、青年を背で庇《かば》った。

「おい兵隊さんよぉ！　こっちにはこっちのやり方ってもんがある。事情も知らねぇで、しゃしゃり出てくるんなら――」

「さてな。おまえたちの言い分とこの子どもの言い分、どちらもおれは聞いていない。が、おまえたちは話をする前に暴力を振るうたぐいの屑《くず》だろう。割って入って何が悪い。道理をわきまえず掃きだめでふんぞり返る連中に、未来ある若者をどうして任せられる」

こちらとしては至極当然のことを言っている、と源二郎は真面目に思っている。

だが源二郎の選んだ言葉と堂々としすぎた態度は、ならずものたちの癇《かん》に障《さわ》った。屈強な男の一人が額に青筋を浮かべ、源二郎の胸ぐらを掴《つか》もうと腕を伸ばす。

しかし維新前は武家であった小坂家の男、軍人の肩書きは伊達《だて》ではなく、規則正しく鍛えた体はただ力任せな男のものとはわけが違う。

「っ⁉」

己を屈強な男だと信じていたならずものは、気づけば夕暮れ、あかね色の空を見上げるようにひっくり返っていた。

さて、源二郎は自分に掴《つか》みかかる男の腕を逆に掴《つか》むと、相手の勢いをそのまま利用し、背負って投げた。これは今から三十年近く前、とある男が帝都のとある寺で立ち上げた道場での技である。

黒船の大砲、文明開化に、あやかしたちの人の世への進出。刀で斬れぬものが多くあり、この国では昔からの古武術が衰退しかけた。

そんな中、その男はこれまであった、ただ敵を倒すための術《すべ》であった「武術」を、精神の鍛錬や規則に則《のっと》って技を見せ合い、優れた人格的形成の「道」を示す「武道」というものに作り替えた。

現在では大学や警視庁での教育課程に組み込まれるようになり、そのあり方に感銘を受けた源二郎もそれを学んで習得し、それなりの腕前を持っていると自負している。

さて、その柔道の一本背負いを、ものの見事に決められたならずものは、なぜ自分が夕空を眺めているのかわからぬというように一瞬きょとん、として、しかしすぐに起き上がり、顔を真っ赤にした。

「なんだ、立つのか」

源二郎は、寝ていればいいものをと相手の頭の悪さに顔を顰《しか》める。

「ちくしょう、てめぇ」

「あ！　逃げやがった！」

他のならずものらも殺気立ち、これは穏便にはいかなくなるという危ういところ。

源二郎が背に庇《かば》っていた学生が一目散に駆け出したので、めざとい一人の男が指を指して大声を上げる。

「なるほど、悪かったな。どうやら、あちらに理由がありそうだ」

逃げるのは何か後ろ暗いことがあるからだ。源二郎はならずものたちに謝ると、学生を追う。

「お、おぅ……？」

そのいっそ潔いとさえ言える態度に、ならずものたちは呆気に取られ、ついつい追いかけることを忘れてしまった。

騒がしかった現場ではしばらくその話題が続いたが、あの誠実そうな軍人さんが追いかけたのなら、あの学生は捕まって、それで何かが解決するだろうと、各々勝手に納得した。

しかし、学生を追いかけている源二郎はまだ何も解決などしていない。

なりふり構わず走れば卵が割れてしまうと、軍服の内側を気遣うが、学生はあんな子どもなのにどうしてと不思議に思うほど、素早く駆けていく。

「っ……どこへ」

§

角を曲がり、その先は行き止まりのはずだった。それで追い詰めたと思ったが、そこに学生の姿はない。

あたりに隠れられそうなものもなく、壁は飛び越えられるようなものでもない。

「──まぁ、中尉さま。このようなところで、何をなさっていらっしゃるんですの？」

この角を曲がったことは間違いない。くまなく捜そうと源二郎が目をこらしていると、背後から幼い子どもの声がした。

「……妖狐殿？」

「こんなところでお会いできるなんて、うれしい。ご縁があるのでしょうか」

振り返ると、源二郎の来た道をふさぐように、小ぶりだが豪奢《ごうしゃ》な馬車が停まっていた。

小窓から顔を覗かせるのは見合い相手のあやかし姫で、黒い髪の間から、金の毛の耳がぴんと立っていた。

「妖狐殿、なぜこのような場所に？」

「中尉さまがどんな場所で暮らしているのか知りたくて、少し早くに来ていました。お屋敷に伺う前に、見て回りたいと思いましたの」

にこにこと、あやかしの姫は微笑んで、従者に目配せをする。

こちらは化生《けしょう》のたぐいとひと目ではわからぬ、完全に人と同じ姿形の青年だ。一度源二郎をじろりと睨むと、しぶじぶという態度を隠さず、馬車からあやかし姫を降ろした。

「何かございましたか？」

「怪しい振る舞いをしたものを追っております。申し訳ないが、あなたの相手をしている余裕はありません」

この袋小路からどうやって消えたのかわからないが、あの学生の住居はわかっているので、それなら一度そこへ行くべきだろう。軍人である己に追われているという自覚があるなら、戻ってこない可能性があるが、何かわかるかもしれない。

「まぁ、お仕事ですの」

「貴様……姫との約束を蔑《ないがし》ろにするというのか」

姫が悲しげな顔をすると、従者の青年が口から火を噴いた。

火狐《ひぎつね》のたぐいらしい。目がつり上がり、口が裂けたその形相に、源二郎が目を見開いていると、あやかし姫が従者をちらり、と見た。

「……申し訳ございません」

やめろ、と手で制することもなく、一瞥《いちべつ》のみで激高する相手を下がらせる。

源二郎は、この見かけは自分の腰までしかない幼い子どもが、人外の生き物たちを統《す》べる存在であるのだと今更ながらに気づいた。

しかしあやかし姫は、源二郎に対してはまるで何もわからぬ童女のようにあどけない顔をする。

「でも、中尉さま。何か事情があってのことかもしれません。悪い方と決めつけ、無理をしては気の毒なのではありませんか」

「妖狐殿、人の世には法というものがございます。法を破るのは必ず何か理由があってのことでしょう。それは『悪』ではなく『罪』なのです」

「悪いことをしたから追いかけているのではないのですか？」

源二郎は現時点での学生の状況を、あやかし姫にもわかるように語った。

近頃この街で卵泥棒が出ていること。不審者と間違われた学生が、ならずものたちに問いただされようとしていたこと。学生のパトロンの知り合いである、軍人の己が間に入ったにもかかわらず逃げたこと。

だから捜している、というのが源二郎の現状だ。

卵泥棒の件はさておき、何か逃げなければならない理由が学生にはあったはず。そしてそれが法に触れることであれば、源二郎は学生を見逃すわけにはいかない。

源二郎は警察官ではなく軍人だが、公僕《こうぼく》であることに変わりはない。

神田がパトロンをしている学生寮のものが罪を犯しているのなら、放ってはおけない。

「自分は、国のために生きると決めています。国とは法のもとに国民が安心して暮らせるものでなければならない。妖狐殿、自分はこういう男です」

あやかし姫の機嫌を取ることも大事だが、源二郎は今はあの学生を追うことを選んだ。

「そうですか……わかりました」

己の思うとおりにいかないと、幼い姫は癇癪《かんしゃく》でも起こすかと思ったが、しかし姫はすとん、と何か納得したような顔をした。

そして袋小路、行き止まりの壁に近づき、耳をぴくぴくと動かしながら何かを捜す。

「それでは中尉さま。どうぞ、わたしにも中尉さまのお手伝いをさせてくださいませ」

言って、姫は手のひらに唇を寄せると、息をふぅっと吹きかけた。

一瞬で、あたりが暗くなる。

日が落ちきるまでまだ些《いささ》かあったはずだが、姫がろうそくを消すような仕草をすればあたりに夜が訪れる。そしてくるり、と姫が着物を翻《ひるがえ》して回ると、夜の帝都を霧が覆った。

姫は袖から、明らかにそこに入っていたにしては大きすぎる提灯《ちょうちん》を取り出して、源二郎の方に掲げる。

「さぁ、参りましょう、中尉さま。わたし、案内できましてよ」

◆◆◆

貧乏学生の留八《とめはち》は逃げていた。

なりふり構わずという言葉が貧相なほど、それはもう必死必死に、口から血を吐き、ちぎれんばかりに四肢を振り回し、逃げていた。逃げながら、いったい自分は何から逃げているのだろうかと、どこか冷静な部分が考える。

己は故郷では少しばかり勉学ができた。故郷では、成績のいいものは帝都に出してもらえる。

帝都、華やかで大きな、この国の中心部に行けばもう、田畑を耕し凍えながらわずか

な粥《かゆ》と水で腹を満たすこともない。暖かい着物を着てうまいものを食って、勉強だけを

できるはずだった。

（なのに、どうして、僕は）

走りながら、留八は思い返す。

旧藩主様のおめがねに適《かな》うなど名誉なことと、誰も言ってくれなかった。上にいる七人の兄姉《きょうだい》は、働き手、それも末っ子でコキ使える留八がいなくなると、嫌な顔をした。

七番目の兄などは、おまえがいなくなったら自分が一番ひどい目に遭うのだと、あからさまに留八を非難した。

そういう場所であったから、逃げたかった。

（あぁ、うるさいうるさい）

留八は耳をふさぐ。帝都に出れば救われるはずだった。神田湊という名家の男がパトロンをする学生寮は、まるで夢のような場所だった。

うまいものをたくさん食べられて、明かりは好きなだけ使って良くて、布団はいつでも暖かい。

集まる学生たちに、兄姉《きょうだい》のような意地の悪いものは一人もいなくて、みんな、みんな、帝都の未来を考え、熱い議論を交わすことが何よりも楽しく、互いを頼もしいと思えた。

留八はいつまでもその、光の中にいたかった。

（あぁ、なのに、なのに！）

故郷からわずかに持ってきた荷物の中に、白蛇が入り込んでいた。細くて小さくて、まだ赤ん坊だろうかと思うほど、牙も頼りない。真っ白い鱗に赤い目の小さな蛇は、ちょろちょろと出てきて、留八に甘えた。

兄姉《きょうだい》以外とはろくに口を利《き》いたことのなかった留八は、帝都に来た当初、他人にどういう顔を向け、どんな風に口を開けばいいのかわからなかった。

白蛇は、友のない留八の心を慰めてくれた。

一人きりで部屋にいて、せっせと学校の勉強をする留八の首に、白蛇はしゅるりと巻きついて見守った。廊下で学生とすれ違って、挨拶をしてくれたのに、返事ができなかったと落ち込みながらする話を黙って聞いてくれた。

白蛇は、卵を食べるらしかった。

幸い、厨房に行けば、卵の一つをこっそりひっそりと、手に入れられた。卵をやると、白蛇は小さい口を一生懸命あんぐりと開いて、自分よりも大きな卵をぱくりと丸呑みにする。それを一日二日かけて、ゆっくりゆっくりと消化していく。留八は夜にその様子をじっくりじっくり眺めるのが好きだった。

学生寮に来て半年くらい経てば、留八の不器用な性格を周囲が把握して、また留八の努力もあって、打ち解けることができてきた。

留八は自室にこもりきりになることがほとんどなくなって、親しい友の部屋であれこれ議論を交わし続けて、気づいたら床で寝てしまっていた、というようなことが増え、笑うことが多くなった。

白蛇のことを忘れたわけではないが、生き物というものは腹が減れば自分で食料を取ってこられる。ネズミや他のものだって食えないわけではないだろうと、これまでは二日に一度、必ず卵を机に置いて白蛇が食べるのをじぃっと見ていたのに、今はそんな時間はない、惜しいと嫌がった。

毎日が楽しくて、楽しくて仕方なかった。

白蛇を見ると、故郷のことを思い出す。自分はみんなの小間使いのように扱われていた。今の友たちがしてくれるように、自分にも人格があり、そして価値がある一人の人間として扱われたことがなかった。そんな日々を思い出すから、留八は白蛇が煩《わずら》わしくなった。

ある晩、寝苦しさを覚えて目を覚ますと、体が動かなかった。声も出せず、ただ脂汗ばかりがびっしりと、あふれ出る。

何か恐ろしい予感がした。目を閉じることもできず、ただ朝が来ることだけを必死に祈っていると、胸の上にずしん、と何か重いものがのしかかった。

――蛇だ。

赤い目の、真っ白い鱗の蛇が、留八の胸の上に乗っていて、じぃっと、ただ、ただただ自分を見下ろしている。

留八は反射的に、卵をやらなければと思った。蛇は腹を空《す》かせているのだ。だから、卵をやらなければならない。

朝日が昇れば蛇は消えた。けれど、明るくなっても、まだ胸の上には蛇が乗っているような重さがあり、留八は恐ろしくて、おぞましくてガタガタ震えた。

それから毎晩、白蛇は現れた。留八は顔を真っ青にしながら、必死に頭を床にこすりつけて白蛇に卵を差し出す。厨房から一つ持ってきた卵をぱくりとやると、白蛇の姿はすうっと消えていく。

そのやりとりを十日ほど続けた頃、卵を取ってこられなくなった。

パトロンをしている神田湊が学生寮を訪れた日、最初留八は白蛇のことを相談しようとすがった。けれど友人だという軍人を連れてきた神田は、留八が声をかけても、今は忙しいと邪険にして取り合ってくれない。

信頼する大人に拒絶され、留八は傷ついた。

それでも、卵は手に入れなければならない。

しかし厨房から卵を持っていこうにも、その日から神田湊の友人が毎晩やってきて、卵をたくさん使ってしまう。

留八は怯えた。卵が手に入らなければ、あの白蛇に食われてしまう。だが、ここでは衣食住は保証されているけれど、小遣いというものはもらえない。

いや、学生寮に張り出されているちょっとした手伝いをすれば金は稼げる。実際、他の学生たちはそうして小遣いを得ている。しかし、故郷でさんざん人に使われてきた留八は、もうつまらない仕事をしたくなかったから、己はしないと決めていた。

金がなければ外で卵を買うこともできない。卵がなければ自分が食われてしまう。恐怖で心がいっぱいになった留八は、部屋でまだ姿を見せぬ白蛇に向かって呼びかけた。

卵をやるから一緒に来てくれ、と懇願した。白蛇が姿を現し、しゅるり、と留八の首に巻きつく。昔そうやったように、しゅるりと巻きついて、ちろちろと舌を出した。

卵が手に入らなければこのまま絞め殺すつもりなのだ。留八は顔を強ばらせる。そして白蛇に、卵売りのところに連れていくから、卵売りが少し目を離した隙に、卵を食うようにと教えた。

どういうわけか、白蛇の姿は自分にしか見えない。だから、これはきっとうまくいく。あんなにたくさん卵があるのだから、一つくらいいいだろうと留八は考えた。

しかし、卵売りの卵を、白蛇は次から次に、ぱくぱくと丸呑みしていく。呑み込むはしから、卵は消えていく。蛇の体の中でまんまるい形を残すことなく、消えていく。

違う、と、白蛇の目が言っているようだった。これは違う。この卵じゃ足りない、足りない、違う。

気づけば、留八はこのあたりの卵売りの卵をみんな、白蛇に食べさせてしまった。

いくら卵を食べても、白蛇は「違う」という顔をする。

何が違うのか、何が、足りないのか。どうして、どうして。わからないことがたくさんあったけれど、留八は卵を見つけなければ食われると、それが怖くて必死に、必死に、卵売りを探した。

もうあらかた食べ尽くしてしまって、周囲が警戒するようになって、卵を見つけるのが難しくなった。

きょろきょろとあたりを探していると、やくざものに見つかって、怪しまれた。あぁ、殴られてしまうのだな、と留八は覚悟した。けれどそうはならなくて、自分を庇《かば》ってくれた大人がいることにただ驚きながら、それが、それが、神田湊の知り合いだと——この男のせいで卵を盗めなくなったのだと、そう思いついた途端、首に巻きついていた白蛇がカッと目を見開いた。

「っ！」

突然、白蛇の姿が大きくなった。口を大きく開いて、留八を助けてくれた軍人の頭を呑み込もうと襲いかかる。

（あぁ、だめだ）

留八は駆け出した。

白蛇は常に自分と一緒にいるから、自分が離れれば食われることもないだろう。

走って、走って、逃げ出した。

◆　◆　◆

「どうぞ足下にお気をつけて」

こんこん、と咳払いのような音を立てながらあやかし姫が微笑んで、源二郎の足下を照らした。青い鬼灯《ほおずき》のような雪洞《ぼんぼり》は、どういう理屈か中で火が燃えている。

袋小路で、とん、とあやかし姫が地面を蹴ると道ができた。

「これはわたしたちが使う道です」

「あやかしの世界ですか」

「少し違うと思います。土地には記憶がありまして、今あるもの、人の世界で建物が建っても、土地は何もなかった頃を覚えています。わたしたちは建物が何もない、まっさらな状態であるところを歩いていけるのです」

なるほど、あやかしが壁をすり抜けたり天井から落ちてきたりというのはそういうことであったか。

源二郎はあやかし姫を見下ろした。姫の歩幅は小さく、これでは時間がかかりそうだ。

「失礼」

それで、源二郎は一度断りを入れてから、ひょいっと姫の小さな体を抱き上げる。

「まぁ！」

「こうした方が早いでしょう」

幼い子どもの足よりも、自分が抱き上げて進んだ方が効率がいい。そう考えてのこと、しかし顔を真っ赤にさせ、耳をぺたんと頭につけたあやかし姫は頬を膨らませる。

「中尉さまはわたしを子どもだと思ってらっしゃるのだわ。こう見えて、わたしはごひゃ……十六歳ですのよ！」

見かけはどうにも七つか八つ、いっていても十くらいだろうと思っていたが、十六歳。あやかしは見た目そのままの年齢ではないと知りつつも、思ったよりも歳が上だったので源二郎は驚いた。

「あ、えぇっと。中尉さまはもっとお若い方がよろしかったのでしょうか。人の男の方は女性は若ければ若いほど好き、と聞いたことがあります」

「私にそういう趣味嗜好《しこう》はありません」

源二郎が目を見開いたので、あやかし姫は自分の年齢が気になったようだった。これは失礼な態度であったと源二郎は謝罪する。

「……わたしには姉が三人おりまして、本当は今回のお役目を頂くのは上のお姉さまだったんです」

抱き上げた格好のまま、互いに無言であやかし姫の雪洞《ぼんぼり》が指し示す方向へ歩く。その途中で、姫がぽつり、と口を開いた。

「でも、わたし、先代の方からずっと聞いていた、人の世界に興味がありましたの。それで、一生懸命お願いして、ちょっと譲っていただいたのです。百年くらいすぐですもの」

「百年がすぐ、ですか」

実際己と夫婦になれば、百年もないだろう。長くて五十年、短ければもっと少ない。

「オムライスだけじゃないんです。牛鍋とか、レモネードとか、中尉さまもご存知でしょう？　海の向こうの人の世界のお料理」

「……それなりには」

「わたし、とても興味があるんです。だから、人の世に嫁ぎたいって、ずっと、思っていました」

食べたことはないが、どんなものかくらいは聞きかじっている。あやかし姫がまるで恋する少女のような熱いまなざしで洋食について語るものだから、源二郎は自分がこれまで洋食に興味がなかったことなど言い出せなかった。

なるほど、この姫は、洋食が食べたくて、けれどあやかし姫の身分上、おそらくそう自由に海の向こうのものには触れられないのだろう。基本的にあやかしは、海の向こうのものを毛嫌いしていると聞く。

「では、相手は誰であっても良いのですな」

元々用意されていた己の甥《おい》や、その代役として食われる覚悟を持ってきた己の存在に、価値などなかったということだ。

神田は己が食われなかったことを絶賛したが、このあやかし姫の心持ちであれば、別に誰でも食われず選ばれたに違いない。

「気を悪くなさらないでね」

「していませんよ」

「でも、眉間にしわが寄っていますわ」

「元からこういう顔です」

不機嫌になる理由などない。むしろ、それなら己でも安心して務めを果たせると、これは喜ぶべきことである。

だが、最初の席でこちらに困ったように微笑みかけたあやかし姫が、そこに座っていたのが己でなくても、誰にでもあの顔をしたのだということが、何か妙に、腑に落ちない。

姫が空《あ》いた方の手で源二郎の眉間に触れてくる。ぐいぐいと、しわを伸ばせば仏頂面に微笑みでも浮かぶと信じているのか。

「あ、中尉さま。ここです。ここで、一度戻ります」

戻る、というのはあやかしの道から、元の世界へ、ということだろう。姫を下ろすと、彼女は、とん、と地面を蹴った。

「ひっ⁉　ど、どこから！」

するると、あたりに突然建物が建ち並び、源二郎たちは見知らぬ長屋の居間にいた。夕食時だったらしい家族が、彼らからすれば突然現れた源二郎たちに驚いて、家長が素早く家族を守るように立ち上がる。

「失礼。お役目中だ」

源二郎は軍服を着ているし、傍《かたわ》らにはひと目であやかしとわかる姫がいる。なんぞ怪奇事件でも追っているのだと相手が勝手に解釈するのを待たず、一言だけ残して長屋を出た。

「妙なところに出ましたが」

「これ以上近づいたら気づかれますもの。このあたりから進んだ方がよろしいかと思います」

あやかし姫は、源二郎がまだわからない何もかもを承知していそうであった。こちらは卵泥棒の容疑者を追っている程度の現在なのだが。

姫に促されて進むと、神社があった。いや、神社だったものだが、誰も世話をするものがなく、寂《さび》れている。

あやかしや八百万《やおよろず》の神々が姿を現してから、神社仏閣のあり方は変わった。神の力が小さすぎるところは信仰が得られず、気づくとそこから神が消えている。ただの場所だけが残されて、そこにはあやかしが住み着くようになった。

この神社もそういう理由で神が消え、あやかしらのすみかになっているような場所らしい。

階段を上がろうとすると、ぱちり、と何かが肌に当たって痺《しび》れた。が、あやかし姫はなんともないようだ。

「どうぞ、わたしの手をお取りください」

差し出された手を握ると、先ほどあった静電気のようなものは感じなくなった。そのまま、神社の境内を進んでいく。

あちこちに、何か白いものが落ちていた。気になって拾ってみれば、それは真っ白い鱗のようなものだった。けれど蛇や何かの鱗にしては大きい。一枚一枚が、源二郎の手のひらの半分くらいはある。

「……」

そしてふと、顔を上げると真っ赤な目が自分を見下ろしていた。

「……白蛇か」

蛇と言うには大きすぎるものだが、うっすら体が透き通った大蛇は、ちろちろと赤い舌を出して、源二郎を値踏みするようにじろりと見る。

その大蛇の、足下という表現はおかしいが、まぁ、体の下にあの学生が震えて座り込んでいた。恐怖に怯えながら、両手をこすり合わせて、大蛇に向かって何か言っている。ぶつぶつと必死なそれは、言い訳と謝罪だった。なるほど、この青年は白蛇の恨みを買ったらしい。

必死必死に自分の行いに理由をつける青年は源二郎の姿に気づいて、悲鳴を上げた。青年が叫ぶと、白蛇の赤い目がカッと燃えるように光る。そのまま大蛇は大きな口を開けて、源二郎をひと呑みにしようと頭を動かした。

ガンッ、と大蛇の牙が地に当たる。源二郎は身を翻《ひるがえ》し、見事に大蛇の攻撃から身をかわした。

「――展開、個別結界！　撃て！」

大蛇が源二郎を食い損ねたその隙に、一度あやかし姫を安全な場所にと、そう判じた源二郎の耳に聞き覚えのある声が響いた。

そして続く、複数の銃声。

反転していた体を再度大蛇の方向へ戻せば、大蛇が四方から撃たれ怯《ひる》んでいる。いつのまにか境内には、源二郎の軍服とは違う作りの、全身が赤い軍服のものたちが十人以上現れていて、あたりを囲んでいた。

「第二陣、頭を狙え！」

鋭い怒号のような指示が飛ぶ。三列に並んだ銃士隊が素早く、昨今からすれば時代遅れの火縄銃を構え発射した。

「……神田？」

思わず呟きが漏れるが、咄嗟にあやかし姫を抱き上げ、距離を取る。

（なんだ？　この連中は何者だ？）

陸軍中尉と言えば、そこそこの地位である。その己が知らぬ部隊が目の前にいて、しかもそれを率いているのは、見間違えるはずもない、己の友人だと公言してはばからない、いつもへらへらとした軽薄な男、神田湊だ。

「あやかし姫。大蛇の動きは鈍っています。お役目を」

唖然とする源二郎にちらりとも視線を向けることなく、赤い軍服を着た神田湊はつかつかと歩み寄ってきて、源二郎の腕の中にいるあやかし姫に声をかけた。

「……待て、神田。これはどういうことだ」

「我々の戦力では足止めしかできぬことは姫も承知でしょう。お早く」

状況についていけず、神田に問いかけるが、取り合わない姿勢。それどころか完全に、源二郎の存在をいないもののように扱っている。

「……はい。わかっています」

あやかし姫は源二郎を見上げ、下ろしてほしいと頼んだ。そうしなければならないというのは源二郎にもわかり、そっと地に下ろす。

この間にも大蛇は撃たれ続け、うめき声を上げていた。巨大な尾を振り、社《やしろ》や鳥居を破壊する。

その大蛇に、あやかし姫は近づこうとした。源二郎は、そんなことは見過ごせない、と姫に腕を伸ばすが、それは神田によって阻止される。

「お役目の最中です。申し訳ないが、鏡役はご遠慮願いたい」

「神田、その口調はなんだ。どういうつもりだ」

「その名は潜入用の仮の名です。私は帝国常夜軍対あやかし部隊隊長、榊隆光《さかきたかあき》というものです」

赤い軍服の胸元には、階級が中佐であることを示す証があった。

常夜軍。鏡役。なんなんだ、なんの話をしている。そんなものは聞いたことがない。が、神田は冗談を言っている顔ではなかった。これまで一度も見たことがない、真面目で己の行動になんの迷いもない、源二郎が思い描くような理想的な軍人の顔をしている。

いや、今は神田の正体はどうでもいい。

あやかし姫のことだ。

あんな小さな体の少女が、軍人たちに撃たれ続けても絶命しない大蛇の前に身を乗り出している。そんな恐ろしいことを見過ごせるものか。

「ッ、神田！」

「お下がりください、鏡役殿。あなたが怪我をしたり命を落とせば、はじめからやり直しになってしまいます」

飛び出そうとする源二郎の腕を強く掴《つか》み、神田は淡々と語る。

己の腕より細いのに、なぜこちらはぴくりとも動けぬのか。

『うれし　うれしい』

『光れ　燃えよ　語りかける　二つのわたし』

大蛇にゆっくりと近づいたあやかし姫は、雪洞《ぼんぼり》を高く掲げてゆらゆらと揺らす。

口から、童女が子守歌でも歌うような拙《つたな》さで言葉が紡がれる。

『不変の幻想　連想幻夜』

『封印　呪縛』

雪洞《ぼんぼり》の炎が揺らめいて、周囲にぽつぽつ、と小さな火が灯る。

狐火だ。

あやかしの使う炎は、小さくか細いけれど、その色は青く薄気味悪い。

『沈め　真珠』

『沈め　珊瑚《さんご》』

『沈む海　光れ　燃えよ』

あやかし姫が歌って、体を揺らすと、大蛇は急速に大人しくなった。

ずしん、と大きな音を立てて地に倒れ、赤い目が閉じる。すかさず、神田が部下たちに次の指示を飛ばした。大蛇の体には標縄《しめなわ》のようなものが巻きつけられ、札があちこちに貼られていく。

ひとまず姫が無事であったことに源二郎は安堵した。

そしてそこで、そういえば懐《ふところ》に卵を入れていたと思い出し、あやかし姫を抱き上げた時に割れていないかと、それが気になった。取り出してみれば、卵はきちんと藁《わら》にくるまれていて無事だ。

「まぁ、中尉さま。どうして卵を？」

ぱたぱたと、雪洞《ぼんぼり》を持ったあやかし姫が近づいてくる。興味深そうに、どうしてそんなところから出してきたのかと、小首を傾げた。

「今日はあなたを招く日でしたので、これでオムライスを拵《こしら》えようかと用意していました」

「まぁ！」

隠すようなことでもない。そのために豆助先生のもとで修業をしたのだ。そう伝えれば、あやかし姫の顔に笑みが浮かべられ、ぱっと、周囲に花が咲くようだった。

「うれしい。わたし、オムライスを食べたことがありませんの」

「そうでしたか」

それならばなおのこと、振る舞うべきだろう。このあとの処理がどうなるのか神田に聞こうとして、源二郎は真横から何者かに卵を奪われた。

「っ⁉」

「卵！　卵、あぁ良かった！　卵があった！」

あの学生だ。大蛇が捕らえられ、この学生も軍人たちに保護されると、もう済んだことだと気にしていなかった。

学生は涙でぐちゃぐちゃになった顔で、源二郎から卵をひったくると、大蛇のもとへ駆け出した。

「っ、総員構え！」

「おい！　子どもを撃つな！」

すかさず神田が発砲を命じる。源二郎の制止の声も聞かない。銃声が響き、学生の体がびくん、と大きくのけぞったが、その足は止まらなかった。

◆　◆　◆

白蛇が撃たれた。

それを、ぼんやりと留八は眺めた。悲痛な叫び声を空高く上げて体を震わせる白蛇は、現れたあやかしの少女の炎で倒れた。

（……あぁ、あぁ……なんてことだ）

留八の中にいっぱいにあった恐怖は、消えていた。

倒れ込む白蛇、その体のあちこちから流れる血を見て、留八は苦しくなった。なんてことをしてしまったのだろう。怖かった。白蛇が怖かった。あれはきっと何か恐ろしいものだと、ただ食われると思っていた。

けれどこうして、地に伏して、いかめしい軍人たちに足蹴にされながら縛り上げられる白蛇を見て、留八の心からわき上がるのはただひたすらの、罪悪感である。あの白蛇は、寂しい自分の心を辛抱強く慰めてくれた。

卵を与え続けたのは自分で、そして、与えなくなったのも自分だ。

腹を空《す》かせていただけだ。だから食べたかった。

それがきっと白蛇の道理で、それがこうしてまるで「良くないもの」のように扱われてしまったのなら、それは己のせいだと、留八は深く、自分の行動を恥じた。

思い出すのは白蛇の小さな姿。

しゅるしゅると首に巻きついて、じゃれた。甘える姿がうれしくて、自分のような存在が何者かに必要とされているのが、救いだった。それを、どうして忘れてしまったのか。

「卵、卵だ……！」

卵をやらなければ。白蛇に、卵を届けなければ。

留八はもうそれだけしか考えられなくなった。その時、不意に、赤い軍人たちとは違う、街で自分を庇《かば》ってくれた小坂中尉が目に入った。

その懐《ふところ》から取り出されたのは、卵だ。留八は、あやかしの少女の前で表情を柔らかくしている小坂中尉の、その腕から卵を奪い取る。そして一目散に駆け出した。

後ろの方で、恐ろしい言葉が聞こえる。

撃たれた。

どすん、どすん、と体にいくつも。けれど、のけぞって、前のめりになって、留八は止まらなかった。

「さぁ、蛇よ。僕の蛇。卵だよ、さぁ、お食べ。遅くなってすまなかったねぇ。腹を空《す》かせていただろうに、遅くなって、本当に、悪かった」

白蛇のもとまであと数歩、のところで体勢が崩れた。それでも卵は割らぬようにと、しっかりと手で包んで、受け身がとれずに顔をしたたかに打つ。鼻や口から血が出て、目が霞《かす》んだ。

その場に倒れ込んだまま、卵をそっと白蛇の方へ押し出す。

「ごらん、卵だよ。おまえの好きな卵だ。これは気に入るといいんだけれどな」

ころん、と卵が転がる。白蛇のもとへころころと転がって、そして、赤い目をぱちりと開いていた白蛇は、じぃっと、じっと、卵を転がしてから、動かなくなった留八を見つめながら、卵を呑み込んだ。

◆◆◆

ずどん、と、稲妻が落ちたのかと思った。腹の底まで響くような爆音は空気や大地を震わせて、そこに立つ軍人たちの体を地に叩きつけた。

「……妖狐殿……！」

何が起きたのか、定かではない。

あの学生が撃たれて、地に伏して、卵が転がった。それは大蛇の口元まで転がって、赤い舌を伸ばした大蛇は卵をぱくん、と丸呑みにした。

ただの小さな卵だ。なんの変哲もない小さな卵。

けれど、その卵を食べた途端、大蛇は自身を封印する標縄《しめなわ》や札を振り切って、源二郎たちの方へカッと口を大きく開けた。

その威嚇の動作、それと同時に起こった爆音。源二郎はこの短時間でのことを回想して、なんぞ攻撃を受けたのか、と行き着いた。だが、その大蛇の一撃は軍人たちを地に転がしたのみで、負傷はさせなかった。

かわりに、瞬時に鬼火が周囲を走り、巨大な何か、源二郎から見れば巨大なガラスの板のようなものが、大蛇の攻撃を受けた。

そして破壊された爆風が、軍人たちの体を転がしたのである。

「……っ」

がくり、とあやかし姫が片膝をつく。雪洞《ぼんぼり》を高く掲げたまま、ごほりと喉《のど》を鳴らせば鮮血があふれ出た。

あの色の血は危険だ。

源二郎は駆け寄るために立ち上がろうとした、が、体が動かない。

「あやかし姫、封印を！」

這いつくばる源二郎とは違い、神田は起き上がることができるようだ。膝をつきながら、神田があやかし姫に向かって叫ぶ。姫は頷き、雪洞《ぼんぼり》を置いた。

置かれたままでも、雪洞《ぼんぼり》は源二郎たちの周りにガラスの板……おそらくは結界だろう、それを張り続けている。

これは姫の道具のはずだ。それを手放して、大蛇に挑むというのか。

「……やめろ、やめろ！　神田！　止めさせろ！」

何か手段があると思っていた。何か勝算があって、何か、あやかしの「姫」と言うのなら、きっと何か、軍人とは違う強力な術でも使えて、あっという間、一瞬で、あの大蛇を斃《たお》せるのかと、そう、源二郎は勝手に考えていた。

だが、雪洞《ぼんぼり》を手放したあやかし姫は、わずかな狐火だけで大蛇に挑んだ。卵を呑んで力を増した大蛇は、尾を振り、稲妻を落とす。尾になぶられ、稲妻に身を焼かれたあやかし姫は、か細い声を上げて、動かなくなった。

「……やはり、一尾の狐ではあやかし退治は難しいか。だが、血が大蛇に付着した。これなら……」

神田の舌打ちが聞こえる。源二郎はカッ、と頭に血が上った。他人に対してではない。

なぜ自分は今、無様《ぶざま》に這いつくばっているのか。

なぜ自分は今、黙って見ているのだ！

「……鏡役殿、無理に立ち上がろうとなさらない方がよろしい。凡人にこの瘴気《しょうき》は毒ですよ」

「黙れ！」

神田の忠告、嘲《あざけ》るような言葉を一喝し、源二郎は立ち上がる。体中のあちこちから、血が噴き出た。どろりと顔を流れる血を拭い、源二郎は駆け出す。

「妖狐殿！」

大蛇に頭を噛まれ、そのまま何度も地に叩きつけられるあやかし姫。ぶらん、と力のなくなった四肢が揺れ、着物は真っ赤に染まっている。

源二郎が近づくと、大蛇はぴくり、と反応した。

ぺっ、と吐き出されたか弱い体がまた硬い石畳の上に落ちる前に、源二郎はそれを受け止める。何度も呼びかけると、あやかし姫がうっすらと目を開いた。

「……どうして？」

奇妙なものを見るような目で、不思議だと、どうして己を受け止め、いや、ここに来たのかと、源二郎を見つめる。

「わたし、あやかしなんです。中尉さまより、ずっと、ずっと強いんです。だから、わたしを助けなくて、いいんですよ？　わたしがたくさん血を流したら、それも、術に使えます。わたしの血は、よく燃えます」

源二郎には、状況がまるでわからなかった。何がどうして、いったい今はどういう道理が働いているのか、自分が本来すべきと思われていることも、あやかし姫の役目も何もかもを、己は知らぬと、それだけは理解している。

神の消えた神社の、境内。巨大な蛇に、撃たれた学生。知らぬ男の顔をしている神田に、見知らぬ赤い軍人たち。

あぁ、わからない。

己はきっと、何もかもわかっていない愚かものなのだろう。

それはわかる。わかる、わかるから、源二郎はこれ以上愚かものにはならぬよう、何もわからぬからこそ自分の道理を持って動いた。

「自分の目の前で、誰かが傷つくのをただ黙って見ている。それは悪意だ。正しくない。おれは、恥知らずな振る舞いなどできない」

「誰も、あやかしを放っておくことが恥だなんて、言いません」

だから、何も不名誉なことではないと、あやかし姫は微笑んだ。

これが道理だと。何も理不尽なことなどないと言う。

「自分が恥ずかしいのです」

しかし、源二郎は首を横に振って、あやかし姫を抱き上げた。

姫の血は燃えるように熱く、じりじりと源二郎の体を焦がす。

「……申し訳、ありません」

あやかし姫の狐耳が、ぺたんと下に垂れる。何を気にするのか。何を気に病むのか。

源二郎は今、自分の命、いや、この場の軍人全ての命がこの小さな少女によって救われたことを知っている。

だというのにあやかし姫は、申し訳ない顔をする。それが、源二郎にはたまらなかった。自分の血を拭う力すらない小さな生き物が、ただただ申し訳なさそうにするのがたまらなく、腑に落ちない。

そうだ、この姫は出会った時から、他人の、源二郎のことばかり気にしていた。

「……」

大蛇がじぃっと、こちらを見下ろす。源二郎を、どういたぶるべきか考えているのではない。何かを、じぃっと、考えている。

だが、大蛇が何かを決める前に、赤い軍人たちが再度陣形を立て直し、立て続けに撃った。あやかし姫の血が付着した大蛇は、撃たれた箇所から大きく燃え上がる。

姫の血がその身を焼いているらしかった。だが、少ない。あの大蛇の大きさに、小さな姫の体からたくさん流れた血は、それでもまだまだ足りなかった。

「……」

大蛇が咆哮《ほうこう》を上げる。再度、怒りを思い出したように大きく身をよじらせ、あたり構わず尾を振る。

源二郎はあやかし姫をそっと下ろすと、血が染みついた姫の着物を一枚脱がせた。

「まぁ！」

「申し訳ないが、お借りする」

着物を腕に巻きつけて、源二郎は大蛇に向かって駆け出した。

姫の血で燃えている大蛇。源二郎の体にも姫の血がついている。近づけば、源二郎の体も燃え始めた。

源二郎に気づいた大蛇が、頭を低くし、大口を開けて、食い殺すために突進してくる。姫の着物を巻きつけた腕を大きく振りかぶり、源二郎は蛇の頭を全力で殴りつけた。

体が熱く、暑くて、熱くて、暑くて、たまらない。同時に、その灼熱に燃える体の奥から奥から、力がわいてくる。

ずどん、と、先ほどよりもいっそう大きな音がした。そして遅れて、どすん、と、これは、何かの倒れる音。源二郎の燃える腕に殴られた大蛇が、ゆっくりと、倒れた。

「中尉さまッ！」

大蛇が倒れた。

あれほど大きく、鋭く動き、どうしようもなかったものが、己の拳の一撃で倒れた。

そうか、倒れたか。ほっと、源二郎は安堵した。

己の体が燃えて、焼かれていく。あやかし姫の血を吸った着物から噴き上がる炎が源二郎を焼いていく。じりじりと体毛、皮膚、そして肉と焼けていく中、源二郎はどさりと倒れ込んだ。

あやかし姫の悲鳴が聞こえる。源二郎は霞《かす》む目をなんとか開けて、姫がこちらに這い寄ろうとしているのを見た。

自分の方がひどい有様だろうに、動かない方がいいだろうに。

源二郎は制止したかった。だがあやかし姫は這って、源二郎に手を伸ばす。擦り傷や紫に痣《あざ》のできた細い手が源二郎の燃える体にわずかに触れる。この炎があやかし姫を害しはしないか、彼女が自分のように燃えることがないか、それが源二郎には気になった。姫の手が触れた途端に、炎は一度青から紫へ変色し、源二郎の体から嘘のように消え失せる。

「……」

また助けられたのだと、源二郎は知り、そして、そこで意識が途切れた。

ただ最後まで見えたのは、その幼い顔を涙でぐちゃぐちゃにしている、あやかしの姫の姿だった。

§

「よくもおめおめとその顔を出せたものだな」

気づけば源二郎は軍の医務室の寝台の上にいた。自分の知る医務室とは間取りからして違った。だが、ここが軍の内部なのだとわかるのは、窓の外から聞こえてくる訓練のかけ声。それほど遠くないから、ここは自分の知らぬ軍の建物の内なのだろうと、もはやそのあたりを驚きはしなかった。

しかし、暦を見ればあやかし姫の二度目の見合いから十日も経っていて、それだけの間眠り続けていたのだと驚いた。

さて、源二郎は意識を取り戻すと、それを知った医者にいくつか体の状態の説明を受けた。現状体に怪我はなく、寝込んでいた分落ちた筋力を取り戻す運動をすれば、平常どおりの暮らしに戻れるだろうと。

その説明を受ける間、源二郎は自分の身に何が起きたのか、あの蛇、あの赤い軍人たちは何者だったのか、それを医師に問うことはしなかった。何も聞かず、ただ黙って、相手が自分に聞かせる話を受け続ける。

そしてしばらくすると、源二郎のもとに神田湊——いや、名前は別にあるらしい、赤い服の軍人が生真面目な顔でやってきて、無言のまま寝台の横で背筋を伸ばし直立不動の姿勢をとった。そのままずぅっと、それはもう、神田が口を開くのを待っていれば、半刻もそのままに。

源二郎は自分を見つめる神田の顔をじぃっと見つめ返した。互いに、どちらがどちらと決めるのを待つような、そんな臆病さがあった。源二郎はその臆病さを感じ取ったので、自分から口を開いた。

「全く、とんだ災難だ」

　まず、罵倒した。溜息をついて、呆れて、うんざりして、相手の顔が、自分の知らぬ赤い軍服の軍人のままであるのをじいっと見つめた。ああ臆病者め、と、本心でも辟易する。

そこから、源二郎は口を開いてやらなかった。再度互いの沈黙。黙って、黙って、じぃっと、見つめ合う。

「……私を殴る権利が鏡役殿にはあります。よくも騙したと、よくも欺《あざむ》き続けて傍にいたと、そのように。私は、この国と神々やあやかしとの距離が近くなり、それによって引き起こる様々な問題を扱う部隊のものです」

「そうか。おまえはおれを騙したのか。どこからだ。おれの甥《おい》は病死したが、そもそもおまえがおれの『友』になったのも、理由あってのことか。おれの甥《おい》があやかし姫の、おまえの言う鏡役とやらになった時に、叔父であるおれの『友』だからと、姫に接触するためだったたか」

「はい」

「そうか。おまえはおれを利用したのか。どこからだ。おれの甥《おい》が病死した。それゆえおれが代役になったが、それはおまえがそう仕向けたのか。おまえはおれの『友』だから、あやかし姫と夫婦になったおれの監視がしやすいと、そういうことか」

「はい」

「馬鹿なやつだ」

源二郎は溜息をつく。

神田、あえて、源二郎はこの男を未だに「神田湊」とそう思う。いや、この男からしたら、己の知らぬ周囲からしたら、神田湊という男は幻想なのだろう。だが源二郎は神田湊とそう思って、目の前の男を見た。

「馬鹿なやつだ。おまえはおれが、怒ると思っているんだな」

思い返してみる。あの境内で現れた、まるで自分の知らぬ男のような顔をして、こちらを軽視し、蚊帳《かや》の外にいろと言わんばかりの扱いをした男に、はたして自分は怒りや、何か、裏切られたような衝撃を感じていたのだろうかと。

あの時感じていた感情は多くある。だがその中に、神田湊への怒りや恨み、憎しみがあったか。ない。まるでなかった、と、そうはっきりと思い出せる。

すっと、神田が目を細めた。源二郎が何を言っているのか、その思考を探るような目である。

「馬鹿なやつだ。おれに嫌われたくなかったくせに」

目が見開かれる。

真面目に、素直に、純粋に、源二郎は言い切った。すると、面白いくらいに、神田の

先ほどまでの、どこか仮面じみた顔が崩れた。仮面が砕けた。これまで見てきた軽薄な神田湊の顔でも、見知らぬ赤い軍服の男の顔でもない。源二郎の知らぬ、だが、よく知っているような、子どものような顔だった。

「嫌いに、なっただろう?」

ぐにゃり、と神田の顔が歪む。軍帽を乱暴に脱ぎ取り、ぐしゃぐしゃと顔を手で押さえつける。表情が見えない。声と口調は、神田湊のものだ。

「もとよりおれはおまえが嫌いだ」

「はは、ひどいね」

源二郎は神田が、この男が、いったいどのような任務、責務を背負って己に接触したのかは把握しきれないし、どんな覚悟を持って生きているのかも知らない。とにかく、己は別に裏切られた、などとはかけらも思っていないのに、その件に関して、この馬鹿な男が罪悪感を覚えて律儀に殴られ罵倒されに来たと言うのだから、だから、それは全く、馬鹿なことなのだと、そう、一蹴にする。

「きみを、面倒な世界に引きずり込んだのがぼくだとしても?」

「だからなんだ。それがどうした。昔から、おまえはいつもいつも、おれに面倒事を押しつけたり、持ち込んできたりしただろう」

「それとこれじゃ、ことの大きさが違うよ。きみはこれから、ただの軍人じゃいられなくなる。あやかし姫の夫として、きみは、ぼくら『対あやかし部隊』が調査した事件を、解決しなければならない」

「それがお国のためになると言うのなら、おれの選ぶ生き方に変更はない」

なるほど、そういうことかと話しながら理解するものがある。

あやかし姫と人の婚姻というのも、已は浅くしか知らなかったらしい。なるほど、確かに、確かにそうだろう。ただ「仲良くしましょう」と結婚し、機嫌を取るばかりで守れるほど、国というのは、種族の違いというのは小さくない。

もう少し詳しい話を聞きたいが、今はこの神田をどうにかする方が先だ。

「殴られたいのなら殴ってやるが」

「必要がないのに殴られたくはないね！　病人だろう、きみ！　ちょっと待って、そう、ぐっと、拳を握りしめるのをやめてくれよ！　見てたんだからな！　きみ、あの大蛇を殴り倒したじゃないか！　その拳で殴るとか遠慮してほしいんだけど！」

神田は本気で嫌がった。だがその顔は引きつっていても、口元は笑っている。

「なら謝れよ。きちんと謝れば、許してやる」

「怒ってないんじゃなかったのかい」

「あの場でおれを無視したり、見知らぬもののように扱っただろう。それについて謝れ」

「小さいことを気にする……」

「何か言ったか」

ぐっと、拳に力を込めると神田が慌てて首を振った。そして頭を下げる。それは、ふざけた調子のない、静かなものだった。喚《わめ》いていた口をぴたりと閉じて、深く、真摯《しんし》に頭を下げる。

「ごめん」

「悪かったと思っているのか」

「うん。きみとの友情を疑って、ぞんざいに扱った」

「おれとおまえに友情などあるわけないだろう」

「そこ否定するんだ⁉　嘘だろう⁉」

嘘なものかと、源二郎は真面目に答える。己と神田に友情などありはしない。あるとしたら腐れ縁だ。

そうだ。だから己は別段裏切られたとも、傷つけられたとも思わないのだ。己と神田の間にあるのは切っても切れぬ腐れ縁。どうしようもなく、面倒極まりないから、だから面倒事が舞い込むのも仕方ない。切れぬのだからしようもない。そう諦めて、受け入れているから、赦《ゆる》すのだ。

そう懇々《こんこん》と説明すると、神田が絶句した。「なんて頭の固いやつなんだ！　この友情を信じないなんて！」などと喚《わめ》いているので医者を呼ぶ。一度おまえも頭を診てもらえと親切心から申し出ると、神田が「源二郎の石頭！」と失礼極まりないことを叫んだ。

そうして、神田に名前を呼ばれて、やっと、源二郎は強ばらせていた体の力を緩める。布団の中に入ったままの左手は固く握りしめられていて、それがやっと、ほどかれた。

§

「この軍服は特別な布で作られている。あやかしの世界、常夜に入り込んだり、あるいは道理が人の世からかけ離れた場所に入ると、色が黒から赤へ変化する」

大蛇を殴り気絶した源二郎が目覚めてから更にひと月後。事後処理や、入院中に低下した筋力を入院前の基準に戻すための運動や訓練を行って、回復した源二郎は、自分が知らぬ軍の敷地内に呼ばれた。

そこには赤い軍服姿の神田がおり、上官という顔をしている。実際の神田の身分が上官であることは、病室での互いの腐れ縁を確認し合った時に聞いている。それであるから源二郎は背筋を伸ばし、帝都軍人に恥じぬ直立不動を保ち、神田の言葉を聞いた。

「対あやかし部隊、通称『赤狐隊《せきこたい》』専用の軍服だ。我が赤狐隊は主に隅田川から内側の、浅草や銀座界隈を担当している。……ここまでで想像がついたと思うんだけど、つまり部隊に名前がついてるってことは、まぁ、うん。そういうことなんだよねぇ！」

「急に顔を変えるな。やり通すなら最後までやれ。帝都軍人たるもの、しゃんとせんか！」

へにゃり、と、赤狐隊隊長の顔からしまりのないだらけた顔になるので、源二郎は叱責する。

神田はポリポリと頭をかいて話を続けた。口調はこのままいくつもりらしい。

「まぁつまり。『あやかし姫』と『人』が婚姻を結ぶ、っていうのは……一組じゃなくてね。我らが赤狐隊は狐のあやかし姫とその伴侶、彼女の善性を作る鏡役の監督を担当してるけど、他にもいろいろいるんだよ」

「たとえばなんだ。狸か」

「狸もいるよ。『緑狸隊《りょくりたい》』ね。あそこは性格の悪いやつが隊長だから、もし緑に変色する軍服を着たやつと出会ったら問答無用で殴っていいよ」

いるのか、狸。

神田の緑狸隊隊長への評価はさておき、源二郎は妙に感心する。まぁ、それぞれに縄張りがあるようなので、遭遇しても互いにきちんと軍規に則《のっと》った行動を取れば問題など起こらないだろう。

「この前少し話したけど、黒船来航後、この国では八百万《やおよろず》の神々と、あやかしと、人間が互いの存在を認識した。地方の小さな神が力を失ってあやかしに堕ちたり、姿が見えることで人の信仰を集めて神になるあやかしもいるんだけど、困ったことは、地方の小さな神やあやかしが帝都に来て、人間に関わることなんだ。彼らとぼくら人間は道理が違う。だけど、ぼくらは互いに共存しなければならない。だからあやかしの道理を知って、彼らを取り締まる権限を持ったあやかしと、人の道理や法を知って、それをあやかしと関わった人に守らせる人間が必要なんだ」

「……なるほど。おれはおまえを殴るべきだな」

「今⁉」

話を聞いて、源二郎は合点がいった。

なんだ、なるほどつまり。先のあの蛇の騒動……あのやけに素早く張られた赤狐隊の包囲網からして、あれは、己とあやかし姫が「使い物になるか」の、試験のようなものだったのだろう。

思い出す、思い返す。

あの学生は神田がパトロンをしているところの子どもだ。そして、あの場での学生の言動から、卵があの蛇にとって重要なものだったことが窺い知れる。あの学生はしばらく、蛇に卵を与えていたようだった。それはあの学生寮の厨房から得られていたはずだ。源二郎は、自分に料理を教えてくれたあの豆助が几帳面で、そして仕事熱心であることを体感して知っている。だから、たとえば己の管理する厨房から卵の数が減っていたら、気づかぬわけがない。

そして神田は、地方から来る神やあやかしが危険対象になり得ると話した。つまり、学生寮をやっているのは、何も純粋な善意だけからではない。そういった危険性のあるものを己の監視下に置いているのだろう。

「よし神田、歯を食いしばれ」

「待とう⁉　待って！　今はぼくはきみの上官だ！　上官を殴っていいと思っているのか！　小坂中尉！」

「おまえはおれを友と言う。友というのは過《あやま》ちを正すものだろう。おまえはどんな理由があれ、帝都の未来ある若者を危険な目に遭わせた。友としておまえを戒める」

「都合のいい時だけ！　都合のいい時だけ！」

　問答無用、と源二郎は神田を殴り飛ばした。

　件《くだん》の学生、名を留八という青年は一命を取り留めたらしい。あの火縄銃のような古めかしい鉄砲は対あやかし兵器で、人間への影響力は半分以下もないそうだ。ただ、撃たれた際の衝撃などで気絶するし、留八のように大量に打ち込まれれば、危険なことに変わりはない。

「きみは自分が試されたことじゃなくて、留八が恐ろしい目に遭ったことを、ぼくらのせいだと怒るけど、留八が自分で考えて起こったことじゃないか」

「おまえたちはそれを知っていただろう。人が過《あやま》ちを犯すのをただ黙って見ている。それは悪意というものだ。恥だと知れ」

　神田は何か言いたげだった。それは言葉にせずともわかる。必要なことだった、と、殴られても神田はそう思っている。物の見方が違うのだと源二郎にはわかっていた。己と違い、あやかしと人の世界に関わってきた神田には神田の言い分があり、道理がある。

　だが源二郎は神田が、本名の榊隆光として、上官として己に「必要なことだ。呑み込むように」と命じぬ限りは、己の道理に則《のっと》って、神田を叱責した。

「……で、話を戻すけど。縁談の件、あやかし姫から連絡があってね。きみとの話はなかったことにしてほしいって」

「そうか。断る」

「うん、そうなんだ。断るって。困ったよね、ぼくとしてはきみが適任だと――」

「おれが困る、と言ったんだ」

は？　と、神田が間の抜けた声を上げた。

「……ぼく、これからどうやってきみをその気にさせて、あやかし姫を口説いてこいって唆《そそのか》そうか、すごいいろいろ考えてたんだけど？　もしかして、自分がここまで関わったからって、責任を感じてるのかい？」

「それもある」

だがそれだけではない、と源二郎は言葉を切った。

なるほどあのあやかし姫は、己と夫婦にはなりたくない、とそう断ってきたのか。そう知って、なんだか妙に心に、刺さるものがあった。境内で神田に無視されたことよりも、そちらの方が今、なんぞ感じている自分がいる。

「神田、頼みがあるんだが」

少し考え、源二郎は顔を上げた。

こちらを妙な生き物でも見るかのように見つめている神田は、源二郎の頼み事を聞くと「え？　正気かい？」と驚いたが、しかし、承諾はしてくれた。

§

「末姫様を虐《しいた》げる人間どもが！」

「人間風情が何用か！」

さて、源二郎の身に纏《まと》った軍服が赤へと変わる。浅草のとある路地から入り込める常夜の道、進んでいけば山道があり、そこから随分《ずいぶん》上っていくと竹に囲まれた社《やしろ》があった。

赤い鳥居をくぐる前に、ぴしゃり、と源二郎の到来を咎《とが》める声が上からいくつもいくつも降ってくる。

「貴様なんのつもりだ！」

こんこん、と火を噴く長い胴の、管狐《くだぎつね》と呼ばれるあやかしらしかった。

源二郎を己らの仇敵と認定し、カッと牙をむく。歓迎されるとはさすがに源二郎も思っていない。管狐らに吠えられながらも源二郎は進んだ。

狐の社《やしろ》。正確には、あやかし狐の末の姫が暮らす社《やしろ》である。

「あやかし姫に会いに来た。取り次ぎを頼めないだろうか」

「は！　なぜ我らがそのような！」

「赤服め！　我らは従えられぬぞ！」

「そうだそうだ！　食ってしまえ！　わしは目がいい！　足がいい！」

「おれが死んだら好きにしろ」

かまびすしく喚《わめ》く管狐らに、源二郎はそう返す。すると騒がしい狐たちがぴたり、と黙った。

「言ったな」

「言ったぞこの男」

「わかっていない」

「わかっていないいな」

「だから言うんだ」

「人間はすぐにわけもわからず口に出す」

「だが、言ったのなら取れるかな」

ひそひそと管狐たちが囁く。源二郎を愚かでたやすい餌だと判じたらしい。源二郎の周りをぐるぐると囲む管狐たちが誰から噛みついてやろうかと話し合っていると、ぼうっと、あたりに青い炎が現れた。

「――おまえたち！　その方にひどいことをしてはなりませんよ！」

ぴん、と金の耳を立てて幼い顔を青白くしている。あやかし姫の登場に、管狐たちが悲鳴を上げた。

「末姫様だ！」

「末姫様が出てきてしまわれた！」

「どうかどうかお戻りください！」

「死んでしまう！　溶けてしまう！　石になってしまいまする！」

ぎゃあぎゃあと、管狐たちの悲鳴は懇願であった。尋常ではない騒ぎ方をして、あやかし姫の着物の袖や裾を咥《くわ》えて、ぐいぐい、と社《やしろ》の中に引っ張っていこうとする。

「……体調が優れぬのですか」

神田に聞いた話と違う。源二郎は眉根を寄せ、あやかし姫を見下ろした。源二郎の腰までもない小さな狐のあやかしは、困ったように眉をハの字にさせる。

「中尉さま、なぜいらしたのです。わたしはもう中尉さまとは関わりたくないと、そうお伝えしたはずです」

「それは伝え聞きました。しかし、己はこうと決めたことがあり、それをまだ行っていないのです」

姫が不思議そうな顔をした。きょとん、と小首を傾げる仕草は幼い。

「妖狐殿は洋食に憧れがあると仰《おっしゃ》いましたが、オムライスというものは洋食ではないとご存知でしたか」

「まぁ！　そんなはずはありません！　洋食と言えば、オムライスでしょう？」

「卵に野菜や肉などの具を入れて楕円状に焼いたオムレツという料理は、確かに西洋のものでありますが、オムライスというものは我が国で生まれた料理なのです」

まぁ！　と、興味を引かれた様子のあやかし姫を前に、源二郎は語り始めた。

オムライスというものは、今ではカレーライスやハヤシライスに並んで洋食の代表的存在であるが、そもそも洋食という言葉の成り立ちからの話になる。

西洋文化が流れ込んできた時代、和食に対して西洋の料理を「洋食」としたが、そもそも得られるものの違う国で同じ料理が再現できるわけもなく、しばし代用品が多く用いられたし、日本人の口に合うように改良もされてきた。

それまでの日本人は肉食に抵抗があった。しかし、強い体作りに肉食は欠かせぬと政府の方針が定まり、帝都軍では西洋式の給食が取り入れられたりもしている。肉食を忌避すべきものではないと広めるため、好まれるようにするため、西洋料理は日本での

「洋食」というものに変化しなければならなかったのだ。

　我が国の主食は米である。さて、あのオムレツをどうすれば米に合う料理にできるか。料理人たちはあれこれ考え、試行錯誤していった。

「銀座の煉獄亭のオムレツごはんをご存知ですか。元は料理人が賄《まかな》いで素早く食べるために、オムレツの卵に具と白飯を一緒に入れて混ぜて焼いたものです。『食道楽』という本が出版されておりまして、そこに紹介されてもいます。上方にある南極星では、ケチャップライスを薄焼きにした卵焼きで包むものがあり、これは白米とオムレツを毎回頼む客に、いつも同じでは気の毒だと考えた主人が、口の変わるものをと考案したそうです」

　そうして、オムライスの形が生まれ、昨今増えてきた洋食店では様々なオムライスが作られるようになった。卵を厚く焼いたもの、具に鶏肉ではなく牛肉を入れるもの、豆助のように、オムレツにソースを仕込んで割って食べる形式のものなど、それはそれは様々な調理のされ方が出てきた。

「まぁ！　不思議な話。中尉さま、それでは、もしかして、西洋ではお米は食べないのでしょうか？」

「あちらの主食はパンだそうです。米を食べる文化もあるようですが、主食ではないと」

「まぁ。でも、パンでは食べた感じがしないのでは？　わたし、食べたことはありませんが、あれは中身がすかすかとしていて、麩《ふ》のようなものなのでしょう？」

「この国の人間としては違和感を覚えるでしょうが、あちらではそういうものなのです」

まぁ不思議、とあやかし姫は再度口に出した。

「妖狐殿、私はあなたにオムライスを拵《こしら》えると決めていました。それがまだ果たせていない。ですので、こちらに参りました」

「それは、わたしはお約束していません」

「バタの溶ける香りを知っていますか。あれは中々に良いものです。卵にしっかりと味をつけ、煙が立つまで熱した浅い鉄鍋で、完全に火が通りきらぬよう、手早く混ぜてとろみがついたままの卵を、赤茄子のソース、ケチャップで赤く染めた色の鮮やかな飯に載せた時、どれほどの大きさになるかご存知ですか。つまむための箸ではなく、すくうための変わった形状をしたスプーンというもので割った時、卵から上る湯気に、わき上がる食欲がどれほど心躍らされるか、味わってみたくはありませんか」

「まぁひどい！　中尉さま！　いじわるを仰《おっしゃ》って！」

言いながら、源二郎自身腹が鳴った。思い出すだけで食欲がわく。己でそうなのだから、見知らぬ料理に期待と想像ばかりが先に行くあやかし姫はたまらないだろう。

ひどい、と本気で恨むような声に、源二郎は知らずのうちに、わずかに口の端をつり上げた。

「ひどいのはあなたの方だ。あなたはおれが頼りないと思ったのでしょう。おれではあなたの夫役にはふさわしくない、巻き込めないと、おれが『巻き込まれた被害者だ』と、侮《あなど》ったのでしょう」

「……ですが、それは、本当のことでしょう？」

源二郎は、自分の中に怒りがわいていることを感じた。自然、口調は丁寧でいようと気をつけているのに、一人称が素に戻る。怯えさせたいわけではないが、ぴくり、とあやかし姫の耳が動いた。

「……中尉さまはただ巻き込まれただけです。何も関係なくて、何も責任などありません。だから――」

「逃がしてやる、ということですか」

「いいえ、いいえ。違います。違う、そうではないのです」

「何が違うのでしょう。あなたはおれに同情して、ただの人間でいられるようにと逃がしたのでしょう」

「そうだとして。それは、いけないことですか。わたしは、悪いことをしたのですか」

キッ、とあやかし姫が源二郎を見上げた。睨むようでもある。

どうしてこんなひどいことを言われなければならないのかと、傷ついている顔である。自分がしていることは慈悲深く、正しいことだから、責められる謂《いわ》れはないだろうと、どうしてこの心を源二郎が理解してくれないのか、悲しんでいる顔でもあった。

泣かせたいわけではない。だが、わからないのはお互い様だ。源二郎は、涙をごしごしと拭おうとする姫の小さな手を取って、代わりに自分の指であやかし姫の目尻を拭った。

「おれはあなたに守られる側でいたくはないのです」

擦《こす》ると腫れるから、という意味だったが、小さな子どもはぱちり、と目を大きく見開いて、そして、顔を真っ赤にして、倒れ込んだ。

◆　◆　◆

「きみがあやかし姫を倒しちゃったって聞いて飛んできたんだけど！　食われてない⁉

「源二郎！」

事件の事後処理も途中で放り出し、火急の事態だと知らせを受けた神田は、お社《やしろ》への挨拶もそこそこに、親友のいる場所へ飛び込んだ。

あやかし姫への見舞いと説得にと向かった親友が、何をどうしてそんなことになったのか。向かいながら神田はあれこれと最悪の事態ばかり考えた。

己が行って取りなせるだろうか。取りなせなければ己が代わりに食われれば、あやかし狐らは赦《ゆる》してくれるだろうか。いや、己の命なんぞ、狐の赦《ゆる》しなんぞもどうでもいい。源二郎を逃がせるだろうかと、それればかり考えた。

「うるさいやつだな。神田。病人の前だぞ」

「……ちくしょう！　ぼくは心配したんだぞぅ！」

だが、駆け込んだお社《やしろ》の、縁側。立派な庭、藤棚さえある広々とした場所に神田の大事な親友はけろりとした顔で座っていた。見たところ怪我も病ののろいもない。

ほっとするより、あぁ、己の杞憂《きゆう》だったと、それを先に理解して怒り、いや、恥ずかしくなって声を上げる。

「そうか。それは悪かったな」

「……別にいいけどね！　……っていうか、その膝の上の……もしかして、末姫かい？」

「突然赤面して倒れたと思ったらこうなった。こちらが本性か？」

「その辺はいずれ姫自身から聞いた方がいいと思うよ」

源二郎の膝の上には、柔らかい金の毛の子狐がちょこん、と体を丸めておさまっている。日の光と膝の上が心地好いのか、くぅくぅと寝息を立てている様子を見せていた。

なるほど、この様子であれば騒がしい管狐たちも世話役の火狐たちも、姫を起こさぬようにと離れるだろう。

いや、屋根の上や木の上からこちらを窺ってはいるが。とりあえず大事はなさそうだ。

そこで初めて神田はほっと息をつき、何がどうしてこうなったのかという説明を源二郎から受ける。

「……うん、そうか。そっか。それは、うん。そうなるだろうね！」

あやかし姫からの断りを、断りに来た源二郎。神田としてもその方が都合がいいからと源二郎にあやかし姫の社《やしろ》を教えたのだけれど、まさか求婚するとは段階の早いことだ！

「求婚成功おめでとう」

「？　なぜそうなる」

と、しかしここで源二郎は首を傾げる。

「え、いや。だって、きみは姫を守りたいって言ったんだろう？　それは、そういうことじゃあないか。一緒の墓に入ろう、は、寿命が違うから使えないし。味噌汁を毎日、っていうのも無理だしね」

「おまえの頭はどうなっている。軍人が国やそこに住むものを守るというのは当然だろう」

「……わぁお」

「おれのこの身はお国のために捧げると決めている。あやかし姫が国を守るために必要な身であるのならなおさら、おれがあやかし姫に守られ、危険から遠ざけられるというのは、違う」

「……わぁい」

これは当然のことであると、理路整然という顔で語る源二郎に、神田は一度目を閉じて額を押さえた。なるほど。うん、なるほど、そう来たか。そう来るか。まぁ、そうだろう。いや、うん。まぁ、そうなるだろうな。

長い付き合いだ。神田は源二郎という男が、もしかして姫に惚れるだかなんだかして求婚したくなったのかと、そういう展開を期待した。というか、それで互いに相思相愛にでもなってくれたら、源二郎を利用している自分も罪悪感というものが多少薄れるのだが。

まぁ、うん、自分は源二郎という男の真面目さ……いや、この石頭を見くびっていたらしい。うんうん、なるほどそうなる、そうなったか！

でもこれは絶対に、姫の方は求婚されたと思っているだろう。こうして膝の上で眠っているのも信頼の証だ。

眠っているのは、ただの昼寝ではなくて、先の事件、あれはまだ一尾の姫の手には余る規模のものだった。それをどうにかこうにかして収めたのだから、たとえ最後は源二郎の一撃があったにせよ、場を守り続けた姫の結界に、狐の火、あれらを維持した姫の負担は相当のもの。

神田は、さて、上の方ではこの「見合い」の件はどう扱われているのかを思い返す。本来定められていた鏡役候補の突然の病死。何やらきな臭いものを神田は感じ取っているが、それは今はどうでもいい。重要なのは源二郎の今後について、上の方での話し合い。

今回の白蛇騒動は、及第点という扱いだった。ただの時間稼ぎだった小坂源二郎が、案外使えるかもしれないとの評価。あやかし姫が小坂中尉を危険な目に遭わせたくないと感じていることも知られてしまった以上、源二郎は今後どうあっても巻き込まれるだろう。

「……うん。そうだな！」

あれこれ考えて天秤にかけてみて、神田は「このまま放っておこう」と結論づけた。

源二郎はいつもの彼らしく、お国大事、最優先の生き方ができる。

あやかし姫はこれで大事な人間ができて、その人間に執着するだろう。

なるほど、これは、思ったより良い結果ではないか。今のところ、誰も大きな損はしていない。うん、よし、よしよし、これでいいか、と神田が一人納得して笑顔を浮かべていると、ぽん、とその膝の上に源二郎があやかし姫を乗せた。

「え」

「おれはこれから用がある。起こさないように気をつけろよ」

すっくと立ち上がった友人は、そのまま奥の方へと消えていった。

源二郎の気配がなくなると、寝息を立てていたあやかし姫の耳がぴくん、と動き顔がこちらを向く。

「や、やぁ。末姫、久しぶり」

「……」

子狐の赤い目がじぃっと、一瞬「誰だこの不審者」という顔をして、それが源二郎でないことを理解して、次に、それがあやかしの界隈では悪名高き榊隆光であることを理解した。

姫が拒絶の悲鳴を上げる前に、庭中の管狐が一気に神田めがけて襲いかかってくる。

理不尽！

◆◆◆

さて、あやかし姫のお社《やしろ》の台所に源二郎は立っていた。

米は水をやや少なめにして炊く。米を炊いている間に、卵を用意する。例の肉屋で購入した卵を三つほど割り、醤油と砂糖を入れる。菜箸でよくかき混ぜる。だし入りでも良かったが、甘い方が女、子どもにはいいだろうとその判断。熱した浅い鉄鍋に、バタを溶かす。細かく切った玉葱をよく炒める。

狐色、と豆助先生に教わったとおりの色にはならないが、色がよく変わると甘さが増すらしい。そこへ小さな口の子どもでも食べられるようにと小さく切った鶏肉と、茸《きのこ》を加えて更に炒める。

「手慣れているなぁ」

いつのまにか、隣に神田が立っていた。台所に入るのなら髪をちゃんと押さえろ、と手拭いを渡す。神田はへらり、と笑ってそれに従い、面白そうに源二郎の手元を見た。

「まだまだ豆助先生ほどではないが。こういうのは性に合っているらしい」

「源二郎は、男児厨房に入るべからずとか、洋食を作ることに抵抗とかないんだね」

「規則があるわけじゃなし、拘《こだわ》るようなことじゃない」

「そうかな」

「そうだろう」

言いながら、源二郎の手元は調理を続ける。

卵を鍋に流し込み、菜箸で中央に集めるようによく混ぜる。底に膜が張ってきたところで一度火元から外し、鍋を傾けて半分ほど折る。そのままとんとん、と手首を叩いて、卵を返す。そして上下をひっくり返して、とじ目を焼き、またひっくり返す。

炊けた米に赤茄子のソースと、先に炒めた鶏肉と玉葱らをよく混ぜ合わせ、白い皿の上に盛る。焼けた卵をその上にぽん、と置けば、オムライスの完成である。

「まぁ！　すてき！」

§

庭の見える和室にて、机の上に白い布と花瓶を置くと、あやかし姫が喜んだ。話に聞いた洋食店のようだ、と、子どものようにはしゃぐ。

向かい合って、源二郎の拵《こしら》えたオムライスを置くと、あやかし姫の顔が輝いた。

「これがオムライスですのね！」

「巷《ちまた》のものとは少し違いますが。自分はこの形のものが良いと思いましたもので」

薄焼き卵にチキンライスを包むもの、というのが現在の洋食店での一般的なオムライス。だが源二郎は豆助の作ったこの形のものが面白いのではないかと、そう考えた。

二人で向かい合い正座する。両手を合わせ、頂きます、と言うと、あやかし姫もそれにならった。

「……」

じっと、オムライスを見つめたまま、あやかし姫は食べようとしない。どうしたものかと顔を向けると、はにかまれる。こういうものを食べ慣れていない、洋食の作法がわからない、とそういう顔である。

「どこから手をつけていいのでしょうか」

「おれも詳しいわけではないが、特に決まりはないのではないでしょうか。作った自分としては、真ん中から割ってもらいたいと思います」

「まぁ、とっても大胆なんですね」

驚きながらも、姫はスプーンでオムライスの中央をさっくりと割った。そしてあふれ出す半熟卵に、まぁ！　と再び声を上げる。

「とっても不思議！　中尉さま！　きちんと焼いてあった卵ですのに、こんなに柔らかいんですね！」

スプーンで卵と飯をすくって食べて、あやかし姫の耳がぴくんと動く。目をぱっちりと開いて、何度も「まぁ！」と驚くその様子に、源二郎は目を細めた。

「それは何より」

「それにこの卵！　きちんと陰陽があります。とても良いものですね」

「陰陽？」

特別な卵を使った覚えはない。だが、聞けば昨今の、大陸から伝わった方法で大量生産される卵とは違うらしい。

「卵というのはとても不思議なものなのです。わたしたちあやかしにとっても。卵は命で、世界ですもの。取り込めば力が増します。けれど、最近は、生まれられない卵が当たり前になっていて、それは人の口には変わらないのでしょうが、わたしたちには違います」

雌鶏というものは、雄鶏がいなくても卵を産む。最近多くなったものは、そういう卵らしかった。

「無精卵と有精卵だね。無精卵の方が傷みにくくて長持ちするし、味や栄養分はどちらも大差ないから、まぁ確かに、育てやすさも合わせると、無精卵が当たり前になるだろうね」

言葉の足りないあやかし姫の話を神田が引き取った。

「……つまり、あの大蛇が瀕死だったところから暴れ出したのは、おれの持っていた卵が有精卵というものだったからか」

「卵泥棒の件もこれでわかっただろう？　いくら卵屋から卵を盗んでも満足できなかった。あやかしが欲しいのは卵の栄養分じゃなくて、命だからね」

なるほど、と合点がいく。それではやはり、己が卵を持っていたからあやかし姫は怪我をすることになったのか。

源二郎が顔を顰《しか》めているのを見て、あやかし姫の眉がハの字になる。

「あの白蛇を恨んでいらっしゃいますか？　悪いことをしたと、怒っていらっしゃいますか？」

「おれがわかるのは、あの学生が卵を盗んだこと、窃盗は犯罪ということです。そして蛇はその窃盗に関与していた。この神田が奇妙な組織に属しているということは、あやかしの行動について決める法のようなものがあるのでしょう。それに則《のっと》って裁かれるべき、とは思います」

そのあたりが神田の仕事なのだろう。例の学生は窃盗罪を償《つぐな》い、そしてあやかしに関わって起こした問題に関しても、それに当てはまる罪を償《つぐな》うのだろう。

たとえば国を守るために外敵と戦うことが軍人の職務であるなら、敵を定めるのは上の職務である。鏡役、あやかし姫というものもそれに当てはめれば、あやかしの問題を解決することが職務で、その後の裁きの部分に関しては別の誰かの職務なのだろう。

白蛇をどう思っているか、憎んでいるか恨んでいるか怒っているか。そう問われるが、源二郎にはどの感情もない。それをあやかし姫が不思議そうに小首を傾げる。

「中尉さまは、他のものに興味がないのですか？」

関心がないから、感情を抱かないのか、と。どうだろうか。

源二郎は思案した。自分以外の存在が自分に何をしようと、どう振る舞おうと、何も感じていない、というように思われているようだ。神田を見ると、自分をよく知る男は苦笑していた。

そういう風に、神田も思っている節《ふし》があるらしい。

「そりゃ、そう見えるよね。だって、源二郎はぼくが裏切ってもなんとも思っちゃくれないし」

それには、源二郎は少し困った。そういう風に思われているのを、さて、自分はどう判じるべきか。

それならそれで構わない、と思った。そういうのが、よろしくないのだろうとはわかるので口には出さないが。

黙っていると、あやかし姫がオムライスを完食し、にこりと微笑む。姫が笑うと花が咲くようにあたたかくなる。

「ごちそうさまでした。とっても、おいしかったです。中尉さまはすてきね。こんなにすてきなオムライスを作れるんですもの。とってもすてきですね」

「喜んでいただけたようで何よりです」

「わたし、食事というのを初めてしましたのよ。食べるって、とてもすてきなんですのね」

あやかし姫はこれまで何かを食べたことがない、と言う。

あやかしというものはみんなそうなのだろうか。食事というものの話を聞いて、あれこれ想像するだけであったと語るあやかし姫に、源二郎は不思議な思いがした。

さて、互いに食べ終え、片付けは火狐たちがするという。

縁側に腰かけて三人、湯呑を手に取る。

「あの、中尉さま。お気持ちは……とてもうれしいのですが。わたしは、お受けしてしまってもいいのでしょうか」

求婚した覚えはないが、もしかすると、見合いの断りを自分が拒絶したことを、あやかし姫はそう解釈したのかもしれない。

誤解を解かず、源二郎は頷いた。あやかしと人の間の問題を解決する。なるほど、そういう守り方もあるのなら、そしてそれが己にできるのならば、この任務は受けるべきだ。

「自分はこのとおり、不器用な男ですので、妖狐殿にふさわしい振る舞いができるかわかりません。しかし、重要なこのお役目に就くならあなたとがいいと思っています」

幸いあやかし姫は素直な子どもである。神田も己のよく知る人間であるから、自分以外の誰か別の軍人がこの鏡役というものになるより適任であるはずだ。

「……はい、わたしで良ければ……その、喜んで」

ぽっと、あやかし姫の頬が赤くなる。腹が膨れて眠くでもなっているのかもしれない。

源二郎が姫の手を取ると、やはりかなり熱い。

「あとのことはおれと神田が行います。あなたは体をしっかりと休めてください」

「なんだろう、すごく、すっごく誤解を解きたいんだけど、まぁいいかな！　突っ込まなくてもいいかな！」

正式に己があやかし姫の鏡役になるのなら、あれこれと手続き等があるだろうが、それを子どもの姫に行わせるわけにはいかない。書類や面倒事はこちらで引き受けると、そのつもりで言うと、神田が何か言いたそうだったが、源二郎は気にしなかった。

◆　◆　◆

さて、このオムライスの一件で、晴れて小坂源二郎には鏡役の資格あり、またあやかし姫も人への執着心ができたと認められ、二人の結婚はすぐさま認められた。

菖蒲《しょうぶ》の美しい五月三日、祝言《しゅうげん》はひっそりと関係者だけで行われ、表向きには源二郎はどこぞの名家のご息女をもらったことになった。

　源二郎の暮らす屋敷に姫の花嫁道具が届けられ、そして庭には小さなお稲荷様が建てられ、火狐らが「いつでもご実家にお戻りくださいー！」と全力で懇願した。

　婚礼祝いにと、赤狐隊の管轄内にある稲荷神社には通例どおり油揚げが捧げられるはずだった。しかし「油揚げよりオムライスの方がすてき」とあやかし姫が微笑んだもので、例の肉屋から卵をたくさん仕入れて、稲荷神社にはオムライスが届けられた。

　もちろんあやかしにとっては力になる有精卵での品だから、狐らは喜んだ。けれど、酢飯にきんぴらを混ぜたものでなく、赤茄子で赤く染まったチキンライスを食べた狐たちの口は真っ赤になって、それを見た人が「あやかし狐は人を食うんだ」とびっくりしたらしい。

　それでも、そんな噂も気になさらず、人に嫁いだあやかし姫はこんこん、と機嫌良く尾を揺らしながら、大きなオムライスをスプーンでぱっくりと割って、おいしそうに口に運ぶのである。

第二話　中尉殿、コロッケを食べる

「それでは千花子《ちかこ》殿、行ってきます」

「はい。旦那さま、お気をつけて」

麹町区にある旧武家屋敷の並び。小坂源二郎の住まいは、独り身の叔父から相続したものだ。

春は桜、秋は紅葉の楽しめる広い庭、塀《へい》でぐるりと周囲を囲み、母屋と離れ、小さな蔵とお社《やしろ》が一つある。門は立派で堂々としていて、来るものを圧倒するが、よくふらりと訪れる神田湊などはさして気にした様子もない。

さて、その門の前、夫婦と言うには些《いささ》か背格好の釣り合わない、成人した立派な体躯の帝都軍人と、その背までも届かない黒髪の童女が向かい合って立っている。

二か月ばかり前の五月三日に祝言《しゅうげん》を挙げた立派な新婚二人である。千花子、と呼ばれた童女は、見かけがそのままの存在ではない。これでこのあたりのあやかし狐の姫である。

あやかしというものたちには名がない。これは人の源二郎からすれば奇妙だったが、あやかしたちにとっては当然だった。妖狐は妖狐であるし、管狐は管狐。そういう存在をいちいち隔《へだ》ててしまおうとすることが奇妙らしかった。

しかしあやかしの姫は源二郎と祝言《しゅうげん》を挙げ、これからは人の世に住む。

そうということは、つまりは人の側に寄らねばならない。それで、名前というものが必要になり、先代のあやかし姫はどうされたのかと源二郎が聞くと、先代あやかし狐の姫は「葛《くず》の葉《は》」という名を夫からもらったらしい。

「なのでぜひ、わたしに名前をくださいませ」と微笑んで言われて、生真面目なだけが取り柄と自覚している源二郎は困った。花鳥風月を愛するような男であれば、ここであやかしの姫にふさわしい、なんぞ雅《みやび》な名、あるいは深い意味のある、聞くものが感じ入るようなすばらしい名をとんとんといくつも浮かべられただろう。だが源二郎にはそういう甲斐性がない。

そういう男が三日三晩考えたところで、たいして良いものは出ないだろうと、その判断は早かった。

名前をつけてほしいと待つ姫に、「わかりました」と短く答えてゆっくりと百数えるくらいの間の黙考。それでは、と前置いて、姫に贈った名が「千花子」である。

あなたが笑うと花が咲くようだから、と真面目な顔で源二郎が言えば、あやかし姫はうれしそうに微笑んだ。

そうして、あやかし狐の末の姫は、小坂源二郎の嫁となり妻となり、小坂千花子という名になった。

（それにしても、結婚というものは存外変化のないものだ）

祝言《しゅうげん》を挙げてから二か月経ったが、この二か月は、己がこれまで知らなかった赤狐隊や、あやかしと人の世の決まりに関する知識を、必死必死に学ぶ時間に費やされた。

千花子の方も、人の世について学びながら、彼女自身のあやかし姫としての役目もあるらしく、夜は源二郎の帰宅を見届け、源二郎の上着に丁寧にブラシをかけると、庭の稲荷社の中へ入ってしまう。

夫婦にはなったが、互いにやるべきことが多い身。確かに、お役目があっての夫婦であればこのようなものかもしれないと、そう源二郎は判じた。

己の両親はどうであったかと思い返してみる。

父の影を踏まぬように、男が口を開いている時は顔を伏せて静かに聞き入る、母はそういう妻であった。良妻賢母と親戚にも誉れ高く、源二郎は母が大きな声を上げているところを一度として見たことがない。

つまり母にとって父は仕えていれば万事うまくいくもの、安心・安全であるという全幅の信頼を寄せているのだと源二郎は子ども心に両親を尊敬していた。

「……少し寄ってみるか」

と、源二郎は時間を確認する。赤狐の隊舎のある市ヶ谷に行くには、まだ時間に余裕がある。

帝都軍人、中尉殿である源二郎はそれなりの家の、それなりの地位にある男であったが、馬車や人力車で勤め先に向かうことはしなかった。徒歩で行くことは良い鍛錬にもなるし、朝の目を覚ますのに良い。そして町の人の様子もよくわかる。思考を巡らせるのにもちょうどいい時間であると、そう考えている。

であるので、時間に余裕があった。路面電車に乗り込めば、移動も早い。

帝都が誇る最新技術と言えば、都電がその一つに必ず挙げられる。神田などはよく好むようで「たとえば地面にトンネルを掘って、都電を走らせられるようにしたら、霧の帝都にももっとたくさん、毎日人が入ってこられるんだけど」などと妄想を語っている。

（……？）

三ノ輪方面に行く路面電車に乗り込んで少し、源二郎は車内に妙な違和感を覚えた。

ぐるりと周囲を見渡すが、おかしなところはない。出勤前の男性客が多く、学生も何人か見えた。

一度電車が停まった。客が降りて、また新たな客が乗ってくる。その中に、見るからに足腰の弱そうな老人が一人、ふらふらと入ってきた。座るところを求めて視線を彷徨《さまよ》わせる。一番近い座席には男子学生らが腰かけており、何やら話をしているようだった。しかし、大きく足を開き、鞄を座席に置いているので、詰めれば小柄な老人一人座れそうなものである。

老人はオロオロとその席を見て、学生たちに「申し訳ないが、学生さんたち。少し詰めていただけないだろうか」と声をかけた。

「我々は帝都のために朝まで議論を交わし合い疲れているんだ。家で寝ているだけの老い先短い老人が、未来ある若者に親切にしようとは思わないのですか？」

「それは……はぁ……申し訳ありません」

学生が鬱陶《うっとう》しそうに老人を見上げて、吐き捨てる。老人は顔を赤くして、消え入りそうな声で謝罪を口にした。

その時、電車が大きく揺れて老人の体が傾いた。老人は咄嗟に近くの手すりを掴《つか》んだが、手荷物が落ちた。風呂敷包みがほどけて、ゴロゴロと、土まみれの芋が転がる。

「あっ、あっ……」

慌てて老人が芋を拾おうとしゃがみ込んだ。這いつくばるように拾うので、それを見た学生たちが声を上げて笑った。

「ご老人、これを」

源二郎は自身も膝を折り、足下に転がってきた芋を拾う。丸々としたじゃが芋だ。学生らを叱責しようと口を開きかけ、しかし、言葉になる前に、車内に軽い笑い声が響いた。

「あらやだ。頭のおめでたい学生さんたちだこと。死が老人だけに訪れると思っていらっしゃる。自分が明日死ぬかもしれないなんて、考えられないんだ」

学生たちの前に、すっと立つ女性がいた。縞《しま》柄の着物を着た背の高い女だ。ケラケラと、他人を笑うことをはばからぬ楽しげな声である。

「何を⁉」

「生意気な女め！」

「おまえたち、どこの学生だ」

学生たちが怒りに任せて怒鳴る。しかし、そこに源二郎の冷静な声が割って入った。

体躯の良い軍人が乗っていたことに、学生たちは今更ながらに気づいたらしい。数人が顔を青くさせた。

「……」

「この都電を利用し、この時間に間に合う場所はそうはない」

所属を答えない学生らに、源二郎は思いついた大学の名を口に出してみる。すると、明らかに狼狽《うろた》えた。

「お、脅すつもりですか」

震える声で学生の一人が言う。ちらり、とその学生は源二郎の階級を確認するように視線を軍服に向けた。尉官であることを認め、ぎゅっと唇を噛みしめる。帝都軍人が彼らの大学へ何か苦情を入れれば、退学になる可能性もあると考えたのだろう。

老人や女相手であれば、己らは優秀な学生であると強気に出られた彼らの変貌に源二郎は溜息をつく。何も大学へ苦情を入れて、学生らを処罰させるつもりで言ったのではない。

学生だろうが軍人だろうが、制服を着ている以上、振る舞いは常以上に気をつけるものである。責任や、正しくあらねばならないという思いが増すべきである。

「正しくあれと言っている」

「あ、あのぅ。軍人さん。ご迷惑をおかけして……」

源二郎が静かに叱責すると、学生たちは黙って俯《うつむ》いた。そんな中に、老人のか細い声がする。見れば、自分のせいで騒ぎになったと、見ているこちらが気の毒になるくらい青ざめた、人の好さそうな老人が源二郎を見上げていた。

「……あなたは何一つ謝罪する必要は」

「この子らは不憫《ふびん》です。謝れないのですよ。ですから、私が謝ります。若い頃は威勢良く他人に迷惑をおかけすることもある。どうか未来を奪うようなことはなさらないでくださいまし」

弱々しい、芯のある声だった。大学には苦情を入れないでほしい、と丁寧に頭を下げる。その言葉は車内全ての者に向けられているようだった。

「……くそっ！」

「おい！　待て!!」

いたたまれなくなったか、ちょうど電車が停止したため学生たちが降りていく。バタバタと、逃げるように去っていく。その背に声をかけたが、振り返ることはない。

「助けていただいてありがとうございます。お嬢さんも」

「いえいえ。あたしは言いたいことを言ったまでで。おじいさん、どちらでお降りになるんです？」

「浅草まででございます。息子夫婦に会いに、霧を越えてまいりました」

「霧を。それはすごい」

女性が目を丸くする。帝都の夜があやかしらの力によって霧に覆われるようになり、帝都の外、地方との交流はある程度制限されるようになった。学生であれば学業のため、学者や技術者、軍人であれば申請して出入り可能であるが、一般人が気軽に出入りすることはまだ難しい。

「孫が生まれたのですが、息子夫婦は商売をしておりまして。こんな老いぼれでも子守くらいはできましょう」

にこりと老人が微笑む。少し照れたような、はにかんだ笑みだった。つられて女性もにこりと笑う。そして源二郎の方へ顔を向けて、さらりと言った。

「ねぇ、軍人さん。ここで会ったのも何かの縁じゃありませんか。このおじいさんを息子さんのところへ送っていってやりなさいよ」

「と、とんでもございません！　そのような」

「いいじゃないの。昨今帝都は安穏無事。軍人さんが少しくらいあたしら庶民のために時間を使ってくれたって」

源二郎は姉夫婦のところへ、夫婦とはどういう姿であるべきかを聞きに行くつもりであった。しかし、真面目生真面目な小坂源二郎は、確かに帝都軍人として帝都の人間を守る義務と責任があり、自身のために時間を使うか、それとも足腰の弱く頼りない老人のためかであれば、後者を選ぶ男である。

「あぁ、わかった」

「え⁉　いいの？」

頷くと老人だけでなく、女の方も驚いた。自分で言ったのではないかと首を傾げると、女はバツの悪そうな顔をする。

「いやぁ、ほら。偉そうなことを言うだけ言って、軍人さんもあいつらと同じだろうな、と思ってたっていうか」

「そうか。帝都男児全てに失望していたのだな。謝罪する」

この車内で老人のために声を上げたのは彼女が最初であったから、大勢いる帝都男児を軟弱で薄情だと失望するのも無理はない。源二郎は生真面目に頷いて頭を下げる。

老人の名は村田三郎《むらたさぶろう》、女の名は下田栄子《しもだえいこ》と言うらしい。日本橋の米問屋で女中をしているそうだ。一緒についてくると言う。仕事の方は大丈夫なのかと村田老人が案じると
「今日はお休みなんですよ」と下田は笑って言った。

「お休みがあるんですか。それはお珍しい。さすが帝都でございますなぁ」

村田老人が感心する。

明治初期に毎週日曜日の丸一日と、土曜日の半日を休日にすると、官庁や学校、軍隊では決められた。

しかし、女中というのはどの家にも貴重な労働力だ。源二郎の実家にも女中部屋があり、朝から晩まで多くの女性らが働いている。

明治が終わり、あやかしや外の技術で文明文化が進み、水道や電気が通うようになってきたとはいえ、まだまだ中流以下の家では井戸から水を汲み、明るいうちに全ての家事を終わらせなければならない。それであるので、女中の決まった休みというのは大体、盆と正月である。

最近では給料日である、一日と十五日を休みと定めているところもあるようだ。下田のところもその一つなのだろう。

浅草駅で都電を降りて、少し歩くと洋食店があった。そこが村田老人の息子夫婦が営んでいる店だそうだ。

「何か召し上がっていただきたいところですが」

父親を助けたことを知り、店主の男性は何度も礼を言って頭を下げる。洋食店であるからこその提案だが、この朝早く、これから仕込みもあるだろう。己も仕事があるからと源二郎は遠慮した。

「せっかくですからね、あたしは頂いていきますよ。ついでに何かお手伝いでもしましょうか？　こう見えて、働きものですよ」

店主が引き下がらないので、下田が明るい声で言った。恩人に手伝いなど、と店主は恐縮したが、下田は「その分奥さんが楽できるでしょう」と軽く言う。

それで、源二郎はあとは下田に任せ、自分はその足で入谷の姉の家に向かった。しかし、姉夫婦は一昨日から泊まりで出かけているらしく留守だった。

留守番役にどこへ行ったのか、いつ戻るのかと聞いてみたが、はっきりとした答えがない。突然のことでわからないと必死に頭を下げられて、源二郎は引き下がるしかなかった。

§

「おまえのところの小隊は皆真面目でよく働く連中ばかりだから、皆欲しがったよ」

正午、源二郎はこれまで自身が率いていた小隊の解散と、受け持っていた仕事の引継ぎのために、浅賀《あさか》大尉のもとを訪れていた。

大柄で眉の太い、地声が随分《ずいぶん》と低い中年である浅賀は、源二郎が士官学校を出て最初の上官だった。実家が米農家をしているということで、結婚の祝いに米をたくさん贈ってくれた。

源二郎は中尉として四十五人の兵員を指揮する小隊の隊長だった。それが陸軍から常夜軍へ。指揮官から、鏡役となった。表向きには神田と同じ諜報部へ配属されることとなり、部隊は解散という扱いになる。

人事について口出しはしなかったが、浅賀大尉が源二郎の部隊のものたちを信頼の置ける指揮官のもとへ配置してくれたようだった。

「で、どうなんだ？　実際のところ、あやかしというのは恐ろしくないか」

こそり、と、小声で浅賀が問う。源二郎の妻が人ならざるものであることは知っている。問うたのは、好奇心や興味というより、銃剣の利《き》かぬ相手は屈強な帝都軍人にとって脅威であり、少しでも情報が欲しい心からだろう。

恐ろしいか、と聞かれれば、源二郎は首を横に振る。千花子や、あの大蛇のことを思い出す。驚きはしたが、震え上がるように恐ろしい、という思いはしていない。

「妻はよく尽くしてくれています。あやかしも人も、それほど違いはないのではありませんか」

「馬鹿を言え。おまえは真面目な男だな。人が火を噴くか？　違うものに化けるかよ」

浅賀が溜息をつく。

「同じと思わないことだ。共存はしなくちゃならないから、足並みをなんとか揃えようと、こちらが合わせる。だが、おれたち人間同士だって、腹の内じゃ何を考えてるかわかったもんじゃない。理解し合えると思わん方がうまくいくこともある」

「妻に対してもですか？」

尊敬する上官の言葉である。源二郎は真摯《しんし》に受け止めるつもりだった。が、あやかしに対しての心構えと、それを妻一人に向けるのではまた違う。

夫としての心構えとしてはどうか、と問いかけると、濃い眉をぐっとひそめて唸った。

「男が女を理解するなぞ、一生無理だ」

真顔で一言。源二郎も思わず神妙に頷いてしまった。

「だが、まァ。恐ろしくないとおまえが言うのなら、そうなんだろう。少なくともおまえの女房は、あやかしであってもおまえに恐ろしいとは思われていない。良いことじゃないか」

浅賀は笑う。あやかしに対して、帝都軍人はどうしても油断ができない。けれど妻となった身で夫に恐れられては気の毒だろうと、そう思う心もあるようだ。

「あぁ、そうだ。そういえば、今朝妙な話を聞いてな。日本橋の店の女中が一人逃げたらしい」

「逃げた？」

日本橋にある米問屋の一つ。浅賀は実家が米農家であるから、その繋がりで家のものが噂を聞いたと言う。

「無理もない、ともうちのものは言っていたな。そこの主人夫婦は使用人の扱いが悪いので有名で、飯も一日一食しか食わせなかったそうだ」

「そのような人道に反する店は潰れてしまえばよろしいかと」

「外道《げどう》であろうと、その店と付き合いのある農家や関連の店は潰れたら困るだろう」

源二郎が嫌悪感をあらわにして言うと、浅賀は苦笑した。使用人の扱いは悪いが、農家の評判は良かったらしい。

「で、まぁ。女中が逃げ出すなんてのはそう珍しい話でもない。が、その女中が逃げ出した日、米問屋の蔵の米も、台所の野菜も乾物も何もかも……要は食い物全部がなくなっちまっていたそうだ」

「盗難事件では？」

「まぁ、事件だな」

被害届が出されるべき事件だが、米問屋は出していない。店の中でただ「あの女中が盗んだんだ」と喚《わめ》いているらしいが、女一人で行える犯行でもない。集団での計画的犯行の可能性が高く、警察の方で捜査されるべきだろう。

「あやかしの可能性がある、と大尉殿はお考えでしょうか？」

「なんでもかんでもあやかしのせいで済めば話は早いわな。で、どうだ。小坂中尉、頼まれてくれないか？」

店の中のことが、いくら噂話とはいえ他家のものにまで伝わっている。同じ米を扱う同士であるので、帝都の軍人さんにと、縁を頼られたのだと浅賀は察していた。

「日本橋の米問屋、女中と言えば……今朝、そのような女性に会いました」

源二郎は都電で知り合った下田栄子を思い出す。

「容疑者になりそうか？」

「義のない若者を叱責する、背筋の真っ直ぐに伸びたもので、後ろ暗いところなど見受けられませんでしたが」

下田の奉公先は月二日の休みもあり、件《くだん》の使用人の扱いの悪い店とは別なように思える。が、下田が嘘をついているという可能性もあった。

浅草の洋食店の夫婦に、下田がどこへ行ったかなど聞いていないか調べる必要がある。浅賀は洋食店と聞くと「せっかくだ。ついでに食いに行くか」と外出の準備を始めた。

「軍人さん。やっぱり食べたくなったんですか？」

§

今朝寄った店なので場所は覚えていた。馬車で向かうと市ヶ谷から浅草はそれほどかからない。都電の駅の近くにある、大通りに面した洋食店は、昼時を少し過ぎ落ち着いてきたようだった。

店に入ると、下田栄子が、白い前掛けをして店内を歩いていた。源二郎の顔を見ると「あら」と声を上げる。手伝いを申し出ていたのは聞いていたが、本当にそのまま手伝っているようだった。店主も出てきて「今朝の軍人さん」と頭を下げる。

目的の人物が目の前にいて拍子抜けしたのか、浅賀は案内されたテーブル席でじっと、木目を見ていた。

「大尉殿？」

「うん？　あぁ。……あぁ」

「で、軍人さんたち何にするんです？　おすすめはコロッケですよ。おじいさんが持ってきてくれたじゃが芋で作ったんです」

「で、ではそれを」

浅賀は唸るように注文した。源二郎はぐるりと、改めて洋食店というものを眺めてみる。源二郎の家にはないテーブルや椅子。真っ白いテーブルクロスに磨き上げられた銀色のナイフやフォーク。店内にはランプが吊るされており、電気が店内まで通っているのがわかる。

「……おい、小坂。おまえ、コロッケは食ったことがあるか」

ぼそり、と浅賀が聞いてくる。米農家の息子、洋食はあまり馴染みがないと言う。

「クロケットであれば、知っています」

源二郎の姉は女学校で西洋料理を学んでいた。それを家で試そうとして、姉を叱ったのを覚えている。その頃の父は海の向こうのものを憎んでいた。その時の品が、確かクロケットだ。

牛乳で作ったソースに肉や野菜を加え、それに小麦粉とパン粉をまぶして油で揚げたもの。しかしじゃが芋のコロッケとはどのようなものであるか。

「あらやだ。軍人さんたち、コロッケの唄《うた》って聞いたことないの？　ない？　嘘ぉ」

琥珀《こはく》色のスープを持ってきた下田が軍人二人を前にして遠慮なく驚く。昨今流行の唄《うた》があるらしい。手を叩いて軽く歌ってみせてきたが、源二郎は知らない。

浅賀はじぃっと、そんな下田を見ている。

「……可憐だ」

「はい？」

いつのまにか、ぎゅっと、浅賀が下田の手を握っていた。呟かれた言葉がなければ容疑者として確保するためだと解釈もできたが、さすがの源二郎もそこまで鈍くはない。

可憐、というのは源二郎にとっての千花子のようなものだと思うが、浅賀には目の前の下田がそうなのだろう。なるほど、と頷いて、それはそれと思考を切り替える。

「日本橋にある米問屋の女中が行方不明だという話を聞いた。何か知らないか」

「それ、あたしだって思ってらっしゃいます？」

店の名前を言うと、下田は溜息をついた。

「行方不明の女中、っていうのだったら違いますよ。でも、その店の、クビになった女中っていうなら、あたしですね」

「なぜ暇《いとま》を出された？」

源二郎たち以外の他の客は全て会計を終えて出ていっていた。昼時に来た客は、仕事や他の用事があって長居はしない。

「なんです、真面目そうな顔の軍人さん。あたしが何かしでかしたと？」

挑むように源二郎を見つめる女。源二郎が何か言おうものなら噛みついてやるとでもいうような気迫があった。

「あたしに尋問ですか？　軍人さんのお勤めじゃあございませんよね、これ」

確かに軍人の職務の中に入るものではない。下田が答える必要はないと突っぱねればそれまでだ。

黙ってじっと女の顔を見る。やましいところがあるのなら目を逸らすだろうが、下田は源二郎をまっすぐに睨み返した。

「あ、あのぅ。お待たせしました」

剣呑《けんのん》な雰囲気の中、おっかなびっくり、と声がかかる。店主の代わりに村田老人が料理を持って立っていた。

「じゃが芋のコロッケでございます」

「おい、小坂。ここには食事をするために来たんだ」

浅賀が源二郎を窘《たしな》める。事情聴取も理由の一つだったはずだが、浅賀の様子を見るに難しいだろう。この強気な女がこそこそ逃げ隠れするようにも思えない。食事をする場所であることは正しく、源二郎はまずは食事という浅賀大尉の言葉に頷いた。

テーブルの上に出された料理は、一見するとクロケットのように見える。茶色の塊に、千切りにしたキャベツが添えられている。確かクロケットは俵《たわら》のような形だったが、こちらは平たい。

濃い色のソースをかけて食べるらしい。白いテーブルクロスの上には銀色のナイフとフォークのみが置かれていて、源二郎はわずかに顔を顰《しか》めた。

「お箸もございますよ」

「おぉ、それはありがたい。小坂、おまえももらうだろう」

「いえ。自分はこちらで問題ありません」

使えないわけではない。ぐっと、眉間にしわを寄せて、老人の申し出を断る。

正式な晩餐会《ばんさんかい》というわけでもない。このくらいの料理で怯《ひる》んでどうする。思えば、練習にはちょうど良いのではないか。雰囲気の良い洋食店、あまり広くなく落ち着いている。ここならば千花子を連れてこられるのではないかと思い、その時に自分がみっともない振る舞いをしないようにと背筋を伸ばしてナイフを握る。

「いざ」

「飯を食うだけなのに大げさだな」

深刻な顔で料理に挑む源二郎を浅賀が笑う。

じゃが芋のコロッケ。さて、じゃが芋と言えば洋食の食材として確かにふさわしい。

ポトフやカレーライスなど、使う料理は多々あるが、じゃが芋のコロッケ。

「……」

ナイフを入れて最初に、サクッと軽い音がする。天ぷらとは違う。あれはわずかに粘り気がある音だ。

「おぉ、音がいいな！」

浅賀の弾んだ声がする。見れば箸で割っていた。

「子どもの頃、寒い冬の朝に土を踏んだ時の音に似ているな」

「確かに」

クロケットなら、ここで中のソースがあふれ出す。しかしこのコロッケというものは断面がしっかりとしていた。

白、いや、淡黄色。一口大に切って、フォークに載せる。口に運べば、最初は衣のサクサクとした食感、そこにじゃが芋の柔らかさが続く。

「……蒸して……いや、茹でたものを潰して丸めているのか？」

「はい。茹でて潰したじゃが芋に、炒めた挽《ひ》き肉や玉葱を加えております」

「なるほど」

それを丸くして、小麦粉、卵、パン粉をつけて油で揚げる。

がんもどきやつみれなど、元の食材を潰して他のものと合わせ、形成する料理は多い。それに似ているものかと頷く。

「うん、うまい。おい、小坂。うまいなぁ」

「はい」

サクサクと、浅賀がコロッケを口に放り込んで咀嚼《そしゃく》する。箸であるので扱いやすく、一気に平らげてしまった。

源二郎は目の前にいるのがむさ苦しい男ではなく、己の妻であるように想像する。金の耳を軽く動かして、きっとあのあどけない顔を輝かせながら食べるのだろう。その時に己が無様《ぶざま》なテーブルマナーでは夫として示しがつかない。

源二郎は音を立てないように注意しながら食事を続けた。

コロッケはうまかった。ソースというのは味が濃いが、何か柑橘系のものが使われているようで、しつこくはない。

芋の素朴な味に、肉の脂が染み込んでいて、ただ芋を食べているだけとは思えない。付け合わせの千切りキャベツは瑞々《みずみず》しい。シャキシャキとしていて、揚げ物だけでは胃に負担がかかるところを軽減してくれるようだった。

「おい、小坂。飯を食っている時くらいそのつまらなそうな顔をどうにかしないか」

味わって堪能していると、浅賀が嫌そうに言う。そういうつもりはなかったが、己の仏頂面に自覚がある源二郎は「申し訳ありません」と頭を下げた。

「せっかく洋食を食っているのに、気分が悪くなる」

浅賀はその源二郎の真面目な対応も気に入らなかったらしい。ぶつくさと文句を言う。自分の分のコロッケがなくなって暇というのもあるのだろう。

「私どもの世代からいたしますと、じゃが芋というものは洋食というよりも、飢饉《ききん》の際の非常食でございます。それがこうもハイカラな姿になるというのは、面白うございますね」

「うん？　あぁ、軍でも非常時の食料として注目されているな」

場を持たせるためだろうか、村田老人がゆっくりと落ち着いた声で話し始める。

日本人の主食は麦や白米だが、稲が育ちにくい地域や天候でも、じゃが芋はよく育つ。明治以降開拓の進められた北海道でじゃが芋畑が作られ、保存の利《き》く食材として重宝されている。

「私が子どもの頃、ひどい飢饉《ききん》がございましてね。食えない、というのは恐ろしゅうございますよ」

「安心しろジィさん。今のご時世、そういうことはそうそうない」

「左様でございますね。こうして、これ、このように、食事を楽しめる飯屋が多く出て、人様をもてなせる。私の倅《せがれ》もその一人でございます」

政府や軍がしっかりしていれば、飢饉《ききん》は起こらないと浅賀は豪語する。

「フン、何を偉そうに。男どもだけでしょう。楽しめるのは」

これでゆっくりと源二郎が食事を続けられるようになった、と思われた矢先。女の低い声が響いた。

「え、栄子さん」

「どういう意味だ?」

むっとして、浅賀が問う。

「逆に聞きますが、軍人さん。親族の集まりに女の席はありますか?」

「女衆は料理の支度がある。のんびり座ってなどいられるわけがないだろう」

「ええ、そうでしょうね。女は冷えた飯を台所で食うんですよ。世間に洋食店が出ようと、女が一人で入れるものじゃない」

都電の中でもそうだったが、物をはっきりと言う女である。相手が学生だろうが、屈強な軍人だろうが構わない。

恨みをぶつけるような物言いに、浅賀が不愉快そうに立ち上がった。

「女が生意気な口を利《き》くな！」

「あら嫌だ。あたしに気があるような素振りを見せたくせに、口を開けば嫌だって言うのかい」

「浅賀大尉殿」

源二郎は興奮する浅賀を呼び止める。

「食事の場です」

「男が、軍人が女にこのような口を利《き》かれて黙っていられるか！」

人はどのような理由でどのように怒るかで本性がわかると言う。浅賀大尉の怒りは帝都軍人、男児として確かに理解できるものである。が、前に浅賀が言ったとおり、女というものは理解できるものではない。女には女の理屈があるのではないかと源二郎は思う。

それが男に理解できていないから、この女は怒っているのではないだろうか。

下田がまた何か言おうとしたが、浅賀がその口を手のひらでふさぐ。

「あぁ嫌だ！　思いどおりにいかないとすぐに手が出る！」

しかし、口はふさがれているのに下田の声は続いた。

「女を黙らせられると思ってる！」

はっきりとした声だ。どこから、と言えば下田からとしか思えない。一瞬訝《いぶか》った浅賀は、しかし声がどこから発せられているのかすぐに突き止めたらしい。

「ひっ！」

慌てて手を放し、下田を突き飛ばす。すかさず源二郎が下田を受け止めた。

その時、後頭部が見える。ぱっくりと、割れている。髪の間に、大きく口が開いていた。

「……二口女《ふたくちおんな》か！」

「あら、ご存知で？」

資料で見た名を告げると、下田の後頭部が意外そうに言葉を発した。

§

二口女というのは、江戸時代後期に発行された「絵本百物語」に書かれた怪談集の中に登場する妖怪である。最近では「食わず女房」の話の方が有名だろう。

ケチな男が飯を食わない女なら嫁にしてやってもいいと言い、そのとおりの女が嫁いできた。確かに飯は食わぬようで、男が食べるのを黙って見ている。しかし、食料の減りが早い。

隠れてこっそり食べているに違いないと怪しんだ男が出かけるふりをすると、女は台所でじぃっとして、食材を眺めていた。女は食わない。しかし、女の頭の後ろからぱくりと口が開いて、バクバクと野菜やら卵やら、どんどん呑み込んでいく。

「どんなに腹が減ってもね、自分の口からは食べなかったんですよ。そうと亭主に約束して嫁いだんです。堪《こら》えて堪《こら》えて、辛抱し続けて、口が開いたんですよ」

「まぁ、それは。苦労なさったのですね」

場所は変わって、源二郎の屋敷。あやかしの厄介事なら己の家で話を聞こうと場所を変えたのだが、下田栄子を見て、あやかし姫の千花子はきょとん、と首を傾げた。

お客であるので居間に通し、座布団を勧める。下田栄子は出された茶を顔の方の口で啜《すす》り、茶菓子の饅頭《まんじゅう》を頭の方の口で食べた。

ぱくぱくと、あっという間に平らげる。足りなそうなので羊羹《ようかん》も切って出すと、下田が目をぱちりとやった。

「家のご主人が直々に、どうも」

「？　丸ごと出すわけにもいかんだろう」

この食欲なら一本渡しても問題なさそうだが、と思っていると下田が肩を竦《すく》める。

「千花子殿も一ついかがです」

「まぁ、すてき。ありがとうございます、旦那さま」

差し出した茶と羊羹《ようかん》を千花子は喜んで受け取った。餡子《あんこ》を固めたようにしっかりとした羊羹《ようかん》は濃い茶に合う。

「それで、二口女のあやかしであるおまえが米問屋の蔵を空《から》にしたのか？」

「あら、旦那さま。二口女というあやかしはおりませんよ」

「あたしの今の話、ちゃんと聞いてました？」

「……」

女性二人が源二郎を呆れたように見る。いや、千花子の方はそのような軽んじる様子はないが「何を言っているのか」という顔はしている。

「つまり、人間なのか？」

「そりゃそうでしょう」

と、答えるのは下田の後頭部の口だ。物を食べる時には髪が伸びて手のように掴《つか》む。

「えぇっと、旦那さま。人は病にかかりますよね。これは、そういうものに似ています」

千花子がなんとか源二郎にわかるようにと説明した。

「……病」

「言ってしまえばそうですよ。辛いことが続いたものがふさぎ込んで性格が暗くなったり、やさしかったものが急に凶暴になったりするでしょう。あれと一緒ですよ。あれも病、これも病ですよ」

「……あやかしの仕業とは違うのか？」

なんでもかんでもあやかしのせいにするつもりはないが、俗に言う狐憑《つ》きや何かがどうも頭に浮かぶ。

「あたしの場合、言いたいことをずぅっと我慢し続けて、大人しく、まぁ、世間様が言うような『良い女』をしていたんですよ」

元々下田は貧しい農家の子に生まれ、口減らしで帝都に流れてきた。出入りが制限されているとはいえ、人手を確保するための抜け道はあるらしい。

売られて米問屋に奉公した。父母にそうであれと言われて育ったように、大人しく従順に、黙って、言われたとおりに仕事をすることが正しいと信じた。

けれど、主人連中が日に一度しか飯を食わせてくれない。寒い女中部屋の薄い布団で短い時間だけ眠る。給金は数年分、両親に抜かれてこちらはもらえない。

辛い、と言えば「衣食住を面倒見てもらって贅沢《ぜいたく》な」と殴られた。それは言ってはならない言葉なのだと耐えてきた。

「で、ある日ぱっくり、頭の後ろが割れました」

後頭部の口は、下田栄子の本音をはっきりと言ってくれた。辛い、だけではなく、口答えできた。それを聞かされたものは、下田が言っているのだと激高して殴った。そのたびに、下田は「どうせ殴られるのだから、自分の口で言いたい」と思って、そして今のようになったという。

「そういうわけで、昨日、言いたいことを全部言って、クビになったってわけですよ」

「蔵の件は無関係なのだな?」

「ええ、そうです」

ふむ、と源二郎は頷いた。下田が嘘を言っていると疑うこともできるが、二口女の口が本音であるのなら、蔵のものを食べた理由もはっきり言うだろう。

トン、と額を叩いて考えをまとめる。

下田栄子が二口女になったのは言いたいことを言うためだ。

蔵の中の食料が消えたのは、飢えていたから食べたのだろう。

米問屋が被害届を出さない、というのは身内がしでかしたことだから。

そうなると、伝承のとおりに食わず女房、というわけではないだろうが、使用人たちと同じように食事量を制限されたご内儀が、ついにたまらず頭を割った。

　そういう推測ができた。

「蔵を空《から》にしたのは米問屋の妻か」

　源二郎が呟くと、下田が苦虫を噛み潰したような顔をする。源二郎は乱暴に立ち上がり、自分の手を握りしめた。

「……旦那さま？」

「……失礼」

　不安げな千花子の顔に、ゆっくりと息を吐いて座り直す。

「……順序が逆だったのか」

「ご内儀さんは、良い方でしたからねぇ」

　昨日突然、ご内儀の我慢が限界になったのだろう。「絵本百物語」のように頭がぱっくり割れたご内儀が、次々に蔵のものを食べ尽くした。下田は泣くご内儀を見て、自分がクビになって追い出され、そしてどこかで自分が二口女だと発覚したら、誤魔化せるはずだと請け負った。

「あれだけたらふく食べたんです。しばらくは持つでしょう」

　下田は自分がやった、と嘘はつけない。しかし世間は自分を疑うだろう。そういう算段だったと言う。源二郎にこうして素直に語ったのは、下田が実際は無実であることを知らせるためだ。そうなれば下田が罪に問われることはない。

米問屋の主人は妻が二口女であった事実が世間に広まることを恐れた。だが、黙っていようにも蔵が空《から》になったことはどうしようもない。それで下田を追い出して、下田がやったと世間が結論づければいいと、そういうことだ。

下田が二口女であると発覚した時の、洋食店でのことを思い出す。

店主夫妻と浅賀大尉は下田を「化け物」と罵《ののし》った。下田に好意的な目を向けていた浅賀でさえ、相手が人と違うとわかると態度を変える。

そういう目に遭うとわかっていて、下田は店を出たのだ。

「つまり、こちらの方は今、お仕事を探されているんですね？　わたし、住み込みの女中さんが必要だなぁって、思っていましたの」

源二郎が自分の中にわいてくる、納得しかねる感情を持て余していると、千花子がぽん、と手を叩いた。

「わたし、花嫁修業というのをちゃんとしてきませんでした。お味噌汁も作れませんし、練習するにも教えていただける方がいないでしょう？　ちょうどいいですわね」

「え？　この頭の緩そうなお嬢様は何を言ってるんです？　お宅の娘さん、ちょっとのんびりすぎませんか？」

「あら、嫌だ。わたし、旦那さまの妻ですのよ」

「え？」

下田栄子がじぃっと、千花子を見て、そして源二郎を見る。

千花子は金の耳や尾をしまっているので、幼い少女にしか見えない。

「この変態」

と、源二郎を真顔で詰《なじ》る。

「……妻はあやかしだ」

「だからなんです」

確かに。

見かけが幼いことに変わりはなく、それを承知で娶《めと》っているおまえはなんなのだと下田の目が言う。

頭が裂けずとも目で物を言う女で、遠からずクビになったのかもしれない。

§

千花子はこの、物をはっきり言う下田栄子が妙に気に入ったようだった。

あやかし姫の嫁いだ家に入る女中であれば、いくつか決まりもある。しかし、下田栄子は二口女ということもあり、意外にもあっさり許可された。

そういうわけで、小坂家には管狐の他に家事を行う人間が新たに雇われたのだった。

第三話　あやかし姫と中尉殿、珈琲《コーヒー》ゼリーを食べる

「ぼくの身の潔白を証言してくれないか」

霧に覆われた帝都の夜。外は夏、霧があっても涼しいということはなく蒸し暑い。

源二郎の腐れ縁、悪友、時々上司や同僚という顔になる神田湊が自宅を訪れ、挨拶もそこそこにそう切り出してきた。いつも気軽にひょいっと顔を出して縁側に腰かけ、昼は茶、夜は酒を勝手にやる男が玄関前で神妙な顔をし正座している。

つい数か月前、あやかし狐の末の姫を妻にしたばかりの源二郎は新婚の部類だ。たとえ枕を並べる関係にならぬ人とあやかしの夫婦であっても遠慮するものだろうという常識は神田には通用しない。

「断る」

で、あるので源二郎はそのことについての苦情は言わず、ただ用件をばっさり切り捨てる。

「そこをなんとか」

神田湊と言えば、いつもにへらと笑って軽口を叩く緊張感のない男。帝都中の軽薄を集めて人の形にしたらきっと神田湊という形になるだろうもの。

対する小坂源二郎は、「法と規律さえ破らなければどんな人間の言葉でも同じように聞く」と言われるほど真面目な男。必死になっている神田にわずかに首を傾げて、とりあえず居間へ案内した。

「女学生を口説いたって疑われているんだ」

「疑いだけか？」

「最後まで聞いて⁉」

突っ込みを一つ入れると、神田がいつもの調子で返してきた。それで、源二郎は黙って聞く姿勢を見せる。

「喫茶店の同じ常連客なんだけど」

喫茶店。昨今できたたぐいの店で、洋風の茶屋だと源二郎は思っている。

帝都で最初にできた喫茶店は、「西洋帰りの男が珈琲《コーヒー》と軽食を楽しみつつ、知識を吸収し文化交流を行う場」として開かれたが、霧に覆われ混乱した当初の帝都ではうまくいかなかった。

その後いくつか喫茶店は開かれたが、どれも会員制の高級飲食店で、珈琲《コーヒー》一杯で掛け蕎麦が五枚は食べられることを考えれば当然だった。

それが最近になって、気軽に庶民も楽しめる軽食屋として上野や銀座界隈にいくつか見られるようになった。高価だった珈琲《コーヒー》豆を安価で手に入れることができるようになったのだ。国内が落ち着き、海外とどう付き合っていくかの方向性が決まったゆえである。

「隊舎に戻る前に珈琲《コーヒー》でも飲んで帰ろうかなって、上野のいつものお店に寄ったんだ。そうしたら、何度か店で見かけたことのある女学生が手を振ってきて、その横にはその子の父親らしい男がいて。ぼくが親を通さず彼女に求婚したことを叱られたんだよ」

女学生の父親だという男はまず「筋が違うでしょう」と神田を責めた。が、神田は何がなんだかわからない。自分は彼女に求婚した覚えはないし、そもそも口を利《き》いたことすらない。

何かの誤解ではないかと言うと、頬を染めて大人しく父の隣に座っていた女学生が泣き出した。三つ編みを輪っかにして二つの大きなリボンをつけたマガレイトの少女。ひどい、ひどい、と言いながらホロホロと泣くので、父親の顔がどんどん厳しくなっていった。

「その子はこの喫茶店で何度もぼくと相席して一緒に珈琲《コーヒー》ゼリーを食べたって言うんだよ。本当に覚えがないけど、父親はすっかり彼女の言い分を信じているから、ぼくのことを娘を口説いて弄《もてあそ》んで、親が出てきたからしらばっくれてる軽薄な男だと、それはもうひどく怒ってしまってねぇ」

見知らぬ男と自分の娘ならどちらの言葉を信じるかは明らかだ。こちらの話を全く聞いてくれない。責任を取れだのなんだの言われ、あまりに騒ぎ出すものだから警官が来て、とりあえず一度双方離れ、明日また話し合おうということになった。

「……警察沙汰にまでなったのか」

「きみにも見せてやりたかったよ。上野の警官はぼくのことを知ってるからね……『ついにやりやがったんですか？』っていう目で見てきたよ。あの若ハゲ巡査」

「野村《のむら》巡査は真面目な方だ」

日頃の行いゆえだろうと源二郎は警官の反応を肯定する。

「相手は女学生だよ？　間違ったって口説いたりするもんか。ぼくは吉原で遊ぶけど、仕事と割り切ってる女性だからいいんであって、自分の見てるものだけが世界の全てだと思ってるような子どもに興味はないよ」

「まさかそれを相手の父親にも言ったんじゃないだろうな」

「言ったよ」

「よく殴られなかったな」

「殴りかかってきたけど、殴られたくなかったから避けたよ」

元軍人だというその父親の拳は重そうだった、と神田は笑う。そういうところだろうと源二郎は呆れた。

「それでさ、ぼくの言葉は全く聞いてくれないんだけど、きみのように真面目な、いかにもな帝都軍人が一緒に来てくれたら誤解も解きやすいいんじゃないかと思うんだ」

明日は日曜だ。源二郎は千花子と活動写真を観に行く約束をしていて、妻は一週間前に約束をした日から毎日それを楽しみにしていた。約束はあちらが先で、神田の頼み事と天秤にかけるまでもなく、優先されるのは千花子の方である。

「……きみも、ぼくが嘘をついてると思ってる？」

「貴様は息を吸うように嘘をつくだろう」

「まぁね。ま、信じられないよねぇ」

へらり、と神田が笑った。源二郎は溜息をついて続ける。

「やらんだろう。おまえは。こういうことは」

別に神田のことは信じていない。が、神田が今回のようなことをするかと考えてみれば、しないだろうと、源二郎は判断している。

「誤解であれば、話し合えば必ず解決するものだ」

一晩経ってあちらも落ち着いて話ができるようになるだろう。源二郎が真面目に言うと、神田は黙ってしまった。

§

翌日、夫婦で上野に出かけたが、活動写真は観られなかった。機材の調子が悪いということで午前の部が中止になったのだ。

「まぁ。残念ですわね」

「こればかりは仕方あるまい」

と、小坂夫婦は大人しく引き下がる。午後からなら上演できるらしい。

あちこちに謝罪している店の人間たちを詰《なじ》る言葉を千花子に聞かせたくない。源二郎はすぐに場所を変えることにした。

上野には他に楽しめるものがいくらでもある。露店も出ており、歩いているだけで千花子は楽しいようだった。歩幅の狭い千花子を置いていかないようにと源二郎は気遣って歩く。

ふと、上野に来たのなら西郷隆盛《さいごうたかもり》像を見に行きたいと、千花子が言った。最近建てられた偉人の像は、常に見物客で賑わっている。それで行ってみると、やはり銅像の周囲には人だかりができていた。

源二郎は平均的な帝都男児より頭一つ背が高い。眺める分にはさほど不便はないが、源二郎の腰ほどしかない千花子は人の波に呑み込まれないようにするのがやっとであった。しっかりと妻の手を握り、人にもみくちゃにされながら少しでも前に行こうとする。

「気の利《き》かねぇ、おとっつぁんだなぁ。娘っ子ならこう、肩に乗せてやれよぅ」

と、源二郎の隣の男が溜息をつく。その肩には千花子ほどの小さな子どもが乗っていた。肩車、というやつで、子どもの方は慣れているのかしっかりと父親の頭にしがみつき、きょろきょろとあたりを見渡している。

「……」

「お、お待ちになってくださいい⁉　わ、わたしは、それは⁉　それは……⁉　おやめくださいね⁉」

「と、申しておりますので」

「遠慮しているんだよ、わかんねぇかなぁ」

千花子は肩車をされている女児を見上げて顔を真っ赤にし、必死に首を横に振る。股を開いて男の肩に乗るなぞ、あやかしとはいえ、姫というやんごとない立場である千花子にはまず無理だろう。

「……」

だが確かに妙案ではある。源二郎は少し考え「失礼」と千花子に断りを入れてから、ひょいっと、自分の右肩に妻を乗せて立ち上がった。

「……まぁ!! まぁ!! まぁ⁉」

「よく見えますか」

「見えます！ 見えますが⁉ えぇ⁉ 見えますけども⁉」

しばらく騒がれたが、次第に落ち着いた。ちょうど、銅像の見える良い位置にたどり着く。

西郷隆盛、元陸軍大将殿。同じ軍人として源二郎はかの偉人に対してどのような感情を抱くべきか、実のところはっきりとしていなかった。あやかしとの共存を受け入れなかった旧幕府との交渉役となり、江戸城を無血開城させた功績などで活躍された御仁が、最後は逆徒とされ、内戦を起こし自刃、最近になって名誉を回復された。

銅像の西郷隆盛殿は肉づきの良く、眉の太い男だった。偉人の像というのは礼装で造られるのが主だが、浴衣を着ている。小脇には愛犬らしい犬が伴われていた。

「まぁ。これが？」

じぃっと、食い入るように千花子が西郷隆盛像を見つめる。見つめて、きょとん、と小首を傾げたのがわかった。

「……？」

一度目を閉じて唸って、また像を見る。

「……？」

ぼそっと、小声である。

「……誰ですこれ？」

「何か違和感でも？」

「……なんだと？」

周囲に聞かれてはまずいもの。源二郎はその場を離れることにした。幸い、前に前にと進みたいものばかりで、離れる分にはさほど苦労がない。

「違う人じゃありませんか？」

「当人を知らないもので、なんとも言えませんが……」

「昔、あの方を驚かせようとしたことがあるんです」

ちょっと前、と千花子が言う。珍しく一人でいた時、お豆腐を持って歩いている人間を見かけた。あやかしとして人を驚かすということをやってみたいと考えて、物陰から飛び出して驚かしてみたら、狐のあやかしを見たというのに、その人間は一度豆腐の入った桶《おけ》を地面に置いて「わぁ、驚いた」と言うと、そのまま何事もなかったように豆腐を持って去っていったという。

あれは今、西郷隆盛と呼ばれている男だったと千花子は言い、自分の記憶する人間と銅像とでは顔が違うと首を傾げた。

「あの像は、様々な思いの末に建てられたものですから、我々が何か騒ぎ立てるわけにもまいりません」

確か、お披露目の式では親族のものが立ち会ったはずだ。その際に「顔が違う」と苦情が入って修正されたとは聞かない。ということは、ご家族が、あるいは周囲のものがこの像のこの顔をそのままにしようと呑み込んだのだろう。

正しいことはわからないが、あの顔が今後、上野の西郷隆盛像と呼ばれるようになることは間違いない。

「姿を忘れないようにと像を建てられたのだとばかり思いましたが、そういうこともあるんですのねぇ」

千花子はうんうん、と頷く。

源二郎はふと神田の話を思い出した。女学生のことではなく、喫茶店で出される珈琲《コーヒー》ゼリーの方だ。朝食を食べて出てきたので腹は減っていない。昼にはまだ早いし、喫茶店に入って少し休まないかと提案すると、千花子は嬉しそうに微笑んだ。

「まぁ、すてき」

それで、二人で最初に見つけた喫茶店に入る。茶屋のような外見だが、喫茶と書かれている。通りから少し外れており、落ち着いた雰囲気の店だと思ったが、入ると、怒号が飛んできた。

「貴様、それでも帝都軍人かッ!!」

……上野にはいくつか喫茶店がある。まだ時間的にも早い。遭遇する可能性がないわけではないとは思ったが、源二郎はこめかみに指を当てた。

「……店を変えましょう」

「はい、旦那さま」

「源二郎！　来てくれたのかい⁉」

くるり、と踵《きびす》を返す小坂夫妻が店を出る前に、店の中にいる神田に気づかれた。店には神田と、その向かいに座った二人の客がいるのみである。聞こえなかったふりもできない。源二郎は仕方なく、千花子を少し離れた席に座らせ、店のものに温めた牛乳と珈琲《コーヒー》ゼリーを頼んだ。

店員は店主のみ、小柄で小太りな男性が一人で切り盛りしているようで、神田たちのテーブルを何度も心配そうに見ていたが、注文を受け一度奥へ引っ込んだ。

源二郎は神田たちのテーブルに行き、まず壮年の男性の方へ敬礼をした。元軍人であると聞いているので、上官へするものと同じ挨拶をすると男性も立ち上がり、真っ直ぐに背筋を伸ばして、こちらは帽子を被っていないのでお辞儀を返してきた。

父親は谷口治夫《たにぐちはるお》と名乗った。軍籍時代の階級は伍長であったという。妻が亡くなり男手一つで娘を育てた。

谷口氏は源二郎のことを知っていた。甥《おい》が軍に入隊しており「質実剛健と言えば小坂中尉殿。あのようになりたいものです」と常々語っていたらしい。

神田が源二郎は友人で今回のことを相談していると告げると、谷口氏はあからさまに顔を顰《しか》める。

「小坂中尉殿のような、立派な方にご迷惑をおかけするなど……」

神田の評価がまた谷口氏の中で下がったようだった。源二郎は同席の許可をもらったので神田の隣に座る。早速本題に入ろう、あるいは戻ろうということになり、谷口氏が口を開く。

「私としましては、これこのような男との結婚など決して認められるものではございません」

「それはそうでしょう。仰《おっしゃ》るとおり。同意いたします。自分の目から見ても、この男は大切なお嬢さんの夫にふさわしくないかと」

「源二郎……きみ、ぼくの味方をしに来てくれたんだよね？」

恨みがましい神田の視線は無視する。

源二郎は父親の言い分をひとまず聞いてみた。

谷口氏の娘、香子《きょうこ》殿という女学生は数日前、谷口氏に、ある男に求婚されたと話してきた。いずれ娘の結婚相手を探す気ではいたが、まずは女学校を卒業してからだと考えていた谷口氏は驚く。

結婚相手というのは親が探してくるものだ。香子は卒業前に結婚したい、相手もそのつもりだと言い、重ねて驚かされた。親である自分に断りを入れずそのような話までしている男はどんな相手であろうか。

帝都軍人で礼儀正しく穏やかな人で、喫茶店で何度か見かけて向こうから声をかけてきてくれたのだと娘は言う。女学校の帰り道に娘が喫茶店へ寄り道していたこともまた谷口氏には意外であった。学生が寄る先と言えばミルクホールだ。

あまりにも娘が相手を褒めて話すもので、順序があべこべになったことに多少腑に落ちないところはあったものの、谷口氏は自分が会ってみて話を進めようと思った。自分が育てた娘であるから、妙な男には引っかからないだろうという思いもあった。

「子の結婚相手は親の通知表と聞きます。私はこれまできちんとしてきたつもりですが……」

じろり、と谷口氏は神田を睨む。

「何度も申し上げますが、谷口殿、ぼくはお嬢さんとは口を利《き》いたこともないのです。求婚など全く覚えのないことを言われて困惑しています」

「娘が嘘をついていると言うのか！」

「お、お約束……くださったじゃ、ないですか……わたくしが、女学校を卒業する前に、結婚してくださると」

「人違い、ということはありませんか。ぼくの名は——」

「榊隆光様と……聞いています。わたくしがお顔を間違えると思っていらっしゃるの？」

震えながら、香子が神田を睨んだ。自分がどうしてこのような仕打ちを受けねばならないのかと、悲しみで震えている。

「……」

すっくと、神田が立ち上がった。源二郎は彼を見上げて、そして目を見開く。先ほどまで、隣にいたのはへらりへらりと笑う神田湊であった。だが、立ち上がり、谷口父娘《おやこ》を見下ろしているのは帝国常夜軍赤狐の隊長の、感情の読めぬ冷徹な顔である。

「どうし――」

「私が民間人相手にその名を告げることはあり得ない」

神田湊というのは、小坂源二郎の友人となるために作られた名と籍であり、表向きは全てその名で生きるつもりである。自分ではないものがこの女学生を口説いているだけであれば、神田湊の珍事の一つと片付けてしまえる。

が、榊隆光の名を使っている。どちらが嘘をついているだの、信じる信じないだの、そういう問題ではなくなった。神田は、いや、榊隆光はそう判じて対応を切り替えた。

「小坂中尉、二人を拘束せよ」

「――お待ちくださいませ」

上官の命であれば従う。源二郎が立ち上がると、離れた席から声がかかった。千花子である。ちょこん、と大人しく座っていたはずだが、じぃっと大きな目をこちらに向けている。

「旦那さまは今日はお休みのはずです」

隠していたはずの金の耳がぴん、と出ている。怒気を表してこそいないが、淡々とした顔は、いつもにこにことしていておっとり、温和な彼女には珍しい。

「軍人に休日などありませんよ」

榊が言うと千花子は目を細めた。事情は彼女とて理解しているだろう。

「旦那さまはわたしと珈琲《コーヒー》ゼリーを食べに来たのですよ」

見れば店主がおろおろと、銀の盆にホットミルクと珈琲《コーヒー》ゼリーを載せて突っ立っている。

「小坂中尉には仕事があります。どうぞお好きなだけお一人でお召し上がりください。迎えには隊のものを寄越します」

「まぁ。不思議。他の方がわたしのお相手をしてくださるのですか。まぁ、不思議」

にこにこと、あやかし姫が微笑んだ。源二郎は鏡役、あやかし姫の希望を可能な限り叶えるために存在している。あやかし姫が望むのなら何よりも優先されるべきことだった。珍しい我がままに、源二郎は少しだけ驚く。

「千花子殿」

「だって、旦那さま。わたし、本当に楽しみにしていましたのよ」

言い聞かせるために名を呼ぶと、千花子が顔を顰《しか》めた。

「ではせめて、珈琲《コーヒー》ゼリーを一緒に食べてくださいませ」

源二郎は上司を見た。それくらいの我がままは構わないだろうかという確認。

榊が頷いたので、源二郎は千花子の隣に座る。店主がホットミルクと珈琲《コーヒー》ゼリーをテーブルの上に置いた。もう一つ追加で頼めるか、と言うと、すぐに、と答えてくれる。

「……店主、一つ訊ねるが」

ふと源二郎は店主に問うてみた。女学生の話が事実であるのなら、この店主はこの店で彼女が榊隆光を名乗る軍人風の男と何度も会っているのを目撃しているはずだ。見ていたかと聞くと、店主は怯えながらも頷いた。

「は、はい。確かに……そちらのお嬢さんと、榊様はよくお二人でこちらで待ち合わせをされていました。とても親しいように、見えました」

「娘は嘘などつきません」

谷口氏が頷く。

軍籍であったものであるから、何かしら、自分たちの知ってはならない以上のことが起きているらしいことは肌で感じ取っている様子。警戒するように声を低くする。

「何者かが彼の名を騙《かた》っていたのでしょう。姿が同じであった点から、あやかしの仕業の可能性も考えられます。谷口殿、ご息女にはご協力を願います」

「あやかしの……仕業？」

香子は目を見開いた。そして必死に首を横に振る。

「違います、違うわ。そんなこと、ありません！　わたくしはあなたに求婚していただいたのです！　あやかしの仕業だなんて、都合良く片付ける気なのでしょう⁉　わたくし、騙されません！」

「大変お気の毒ではありますが、私は自分があなたとは無関係であると知っています」

榊隆光は感情のこもらない目で女学生を見下ろす。

神田湊ではなく榊隆光として振る舞う彼はただ淡々としている。その豹変っぷりに、谷口氏はこの胡散くさかった青年がなんぞ複雑な立場の軍人であることを察した。娘の腕を引く。

「座れ、香子」

「いつもそう！　お父様はちっとも……!!　わたくしのことを考えてくださらないのね！」

「香子」

と、再度言われては、娘は父親に従う他ない。ぐっと唇を噛みしめて、黙る。しかし大人しく座るのは嫌だと抵抗を試みた。

「あの、よろしければ、こちらへ」

と、千花子が香子を呼ぶ。おっとりと穏やかそうな少女に微笑まれ、父親の隣よりはましだと、香子は千花子と源二郎のもとへ来る。

ちょうど二つ目の珈琲《コーヒー》ゼリーが運ばれてきて、源二郎は「……もう一つ追加をいいか」と香子の分も願うが、香子が首を横に振った。

「珈琲《コーヒー》ゼリーなんて、もう食べたくもありません」

自分があやかしに騙されたということを、今になってやっと、呑み込み始めている。愛しい相手との思い出の品も、香子の中では煩《わずら》わしくなっているようだった。

「まぁ、すてき！　羊羹《ようかん》よりもずっと、色が夜の空に近いのですね」

千花子はそんな人間の娘の葛藤《かっとう》など気にしない。にこにこと、源二郎に微笑んで珈琲《コーヒー》ゼリーをスプーンですくう。小さなガラスの器にたっぷりと入っている。茶碗蒸しのようだな、と源二郎は思った。

珈琲《コーヒー》というものは飲んだことがある。泥水のようだと言うものもいるが、存外源二郎は気に入っていた。砂糖や牛乳を入れずに飲むのを好んでいるので、さて、珈琲《コーヒー》ゼリーというのは甘いのだろうから、どうだろうかと自身も口をつけてみる。

「……ふむ」

随分《ずいぶん》と硬い。珈琲《コーヒー》を冷まして寒天を入れたのだろうか。

寒天であれば、たっぷり黒蜜をかけるが、珈琲《コーヒー》ゼリーにはクリームが載せられている。

クリームと一緒にすくってみると、ぷるぷると弾力がある。口の中で、コロコロとして、甘さと、確かに珈琲《コーヒー》の味がする。それに加えて、何か別の甘味があるように感じた。ただ珈琲《コーヒー》を固めたのではなく、何か工夫がされている。

源二郎にそれが何かはわからないが、なるほど、これはうまいものだ。

「ふむ」

感心して頷く。千花子の方を見ると目が合った。にっこりと、嬉しそうに微笑まれる。

「口に合いましたか」

「ええ！　旦那さま、とても良いものを、ありがとうございますね」

機嫌も直ったらしい。金の耳が揺れる。

「でも不思議、何か他のお味もしますのね。珈琲《コーヒー》は、わたし、初めてのはずですけれど、何か、知っている味のようなものもありますね？」

「……小豆《あずき》よ」

ぽそり、と香子が言う。狐のあやかしの少女があまりに無邪気に食べるので、珈琲《コーヒー》ゼリーへの逆恨みも忘れたよう。女学校の優等生が、幼い後輩に見せる親切さを見知らぬあやかしにも見せた。

「小豆《あずき》ですか？」

「ええ。珈琲《コーヒー》っていうのは、珈琲豆《コーヒー》を乾煎《からい》りして粉末状に挽《ひ》くの。ここのは、そこに小豆《あずき》も混ぜて乾煎《からい》りしているのよ」

「まぁ！」

「……って、教えていただいたの。わたくしも」

榊の名を騙《かた》ったあやかしに、だろう。

香子はぽつりと呟き、源二郎と千花子を不思議そうに見つめた。

「……あなた方はご夫婦なのですか？　その、奥様は随分《ずいぶん》、幼いようですけど」

「わたし、そんなに子どもじゃありませんわ」

「……あやかし、なのよね？　その耳」

「はい、わたし、あやかし狐の千花子と申します」

あやかしであれば、外見の年齢がそのまま実年齢ではないだろうと、香子も納得した。

「お相手の方。榊様ではなかったようですが、あやかしであれば、わたしたちの方で捜すことができます。良ければ――」

「余計なこと、しないで」

バンッ、と香子が立ち上がって、テーブルを叩く。

「あやかしじゃ、意味がないのよ！　そんな相手とじゃ、新聞に載れないじゃない！」

叫んで、店を飛び出していく。

§

「卒業間近の女学生さん。それなら、大層心細いでしょうねぇ」

上野の土産に羊羹《ようかん》を買って帰り、栄子に渡す。住み込みで小坂家の女中をしている下田栄子は、茶の用意をしながらぽつりと言った。

「お友達と離れ離れになるので、寂しい、ということですか？」

「卒業面《づら》になるかもしれない、と焦るようですよ」

あやかしの千花子より、栄子の方が世間の事情には詳しい。日本橋の米問屋で働いていた頃から、女の噂話であれこれと知ることも多かったようだ。

「女子にも学問を、ということで女学校があちこちに作られましたけれどねぇ。やっぱり当事者も世間も、女は嫁に行って一人前というものでございましょう？　女学生の多くも、卒業前に縁談がまとまって学校を去るそうですよ」

「まぁ、でも、それではせっかく通ったというのに、卒業せずに終わってしまうのですか?」

「そのようです。むしろ、結婚相手が見つからないまま卒業する娘を『卒業面《づら》』と揶揄《やゆ》するのだとか」

「まぁ、不思議!」

学校というのは学んで、卒業するための場所であるだろうと千花子は驚いた。

「……そういえば、姉もそうでしたね」

源二郎は茶に口をつけ、思い出すように目を細める。

「女学校の授業参観などに、息子を持つ母親が赴くそうですよ。そこで姉は今の夫の母親に気に入られ、話があっという間に進みました」

「……と、いうことは、旦那さまのお母さまも、旦那さまの奥さまにふさわしい女性を……女学校で探されていたのですか?」

「いいえ、自分のそういった話は、あまり母親は関心がなかったものですから」

姉の授業参観にと女学校に行く機会は多かっただろうが、源二郎の母がその役目を負うことはなかった。

「そうですか」

ほっと、千花子が息を吐く。

「あーもう。大丈夫ですよ、奥様ってば。旦那様のような真面目な殿方は、奥様のようにふんわりした方が一番良いのです」

「まぁ、栄子さんったら」

何がいいのかよくわからないが、千花子が嬉しそうなので源二郎は何も言わずにいた。そしてトン、と額を軽く指で叩く。

「なるほど、つまり谷口氏のご息女は、卒業までに結婚できると思っていたのがご破算になった、ということであれだけ動揺しているのか」

てっきり、すっかり相手の男に惚れ込んでしまって、それが偽者であったことに動揺したのだと源二郎は思っていた。恋しい相手が幻だった、裏切られた、というのであれば不憫《ふびん》だったが、と呟くと、栄子が軽く源二郎を睨む。

「旦那様はそのように仰《おっしゃ》いますが、若い娘さんには重要なことですよ。一生を左右することじゃないですか」

新聞に載れない、という最後の台詞については千花子が答えた。

「人間の結婚というのは、新聞に載りますものね。わたしも旦那さまとのお話が載りました」

大それた見出しというものではないが、小さく記事になるのは珍しいことではない。

「うれしいものですのよ」

と、千花子は言う。

「いろんな方の、目につくでしょう？　わたしが旦那さまのお嫁さんになれたって、知っていただけたことがうれしいのですよ」

「まぁ、大方そのお嬢さんは見栄でございましょうけれどね」

物事をはっきり言わないと気が済まない、二口女の栄子は容赦ない。つまりは、女学校という女子の世界の中で、売れ残ってしまった焦り、から、見目の良い軍人と運命的な出会いをして、喫茶店で愛を育《はぐく》み、母親経由ではなく当人から望まれての結婚。

「そんな小説みたいな筋書きでしたら、最後の最後に、勝ち逃げできますからねぇ」

「か、勝ち逃げ、ですか」

「ほほほ、奥様。人間の女は『いつか素敵な殿方が自分を見初めてくれる』だなんて絵物語を本気で信じているんですよ」

未だ独身の栄子の言葉には、笑いながらの本気が隠されていた。彼女にもそういった時代があったのだろうかと不思議に思う色が千花子の瞳に浮かんだが、それを問うことはしない。

「でも、それじゃあ……小豆《あずき》洗いじゃ駄目ですね。新聞に載れませんものね」

何事か千花子が納得しているので、源二郎は待ったをかけた。

「……小豆《あずき》洗い？」

なんのことだ、と問う。あやかし狐の末姫はきょとん、と小首を傾げた。

「あのお店、小豆《あずき》洗いがやっていたじゃありませんか」

◆　◆　◆

「これからは、女にも学があった方がいいだろう」

そう告げる父の言葉に、香子は何度も嫌な思いがした。

文明開化、あやかしと人の世界が交わって、いろんなことがいっぺんに変わったあとの時代に、香子は生まれた。軍にいて最先端のものを見てきた父は、海の向こうでは女が学者になることもあるのだと言って、香子を女学校に入れた。

しかし女学校は「賢母良妻タラシムルノ素養ヲ為《な》スニ在リ、故ニ優美高尚ノ気風、温良貞淑ノ資性ヲ涵養《かんよう》スルト倶《とも》ニ中人以上ノ生活ニ必須ナル学術技芸ヲ知得セシメンコトヲ要ス」という発言のとおり、家庭婦人として必要な技術を習得するための場であり、目的は「良い家に嫁ぐこと」なのだから、父の思想とは異なる。

そのあたりをきちんと理解していない。結局のところ、男親とはそういうものなのだと香子は見限っていた。

父親に任せていたら自分はこのまま卒業してしまう。

結婚相手を自分で見つけ出さねばならないと、香子が考えたのは「出会う」ことだ。喫茶店に通って、独身の、良い男性がいないかと探す。

はしたない、普通の娘はそんなことはしないだろうことはわかっている。わかっているが、自分はひとり親で、父親は自分の結婚について真剣に考えてくれていない。普通にしていたら、普通の娘のように幸せにはなれないとわかっていた。

「いつも来ていますね。珈琲《コーヒー》ゼリーがお好きなのですか」

通ってしばらく、香子は見目の良い青年将校に声をかけられた。

育ちの良さそうな顔立ちに、品の良い物腰。笑った顔が幼く、香子の話をじっと聞いてくれるやさしい人だった。

こんな素敵な人なら、自慢できる。

香子はできる限り愛想良くして、気に入ってもらえるようにと振る舞った。

青年将校は毎週水曜日に、香子とここで待ち合わせをしてくれて、そのたびに珈琲《コーヒー》ゼリーをごちそうしてくれた。普通の珈琲《コーヒー》と少し味が違うのは、小豆《あずき》を使っているからだと教えてくれた時、特別なことを教えてもらえたような気がした。

◆　◆　◆

「……わしはただ、嫁御が欲しかっただけなんで」

床の間に縛られて座っている妖怪は、源二郎と神田に見下ろされ恐縮したように身を震わせた。

禿《は》げた頭に小柄な体躯。大きく出っ張った歯の、お世辞にも色男とは言えないこの男。本性を小豆《あずき》洗いという妖怪だ。

「……時代が変わりまして、わしのもとを訪れるものは減りました」

小豆《あずき》洗いというのは縁結びもしていた。娘を持つ女性が小豆《あずき》を持って、小豆《あずき》洗いの住む山を訪れると、娘が良縁に恵まれるという。

しかし、文明開化。鉄道やらで山が拓《ひら》かれ、ある日突然、住んでいた山の村が土砂崩れで潰れた。

それは困る。とても困る。小豆《あずき》洗いは、一種の信仰を受けて生きてきた。このままでは消えるだけ。それなら、帝都に出て嫁をもらおうと考えた。これまで他のものの縁組ばかりに力を使ったが、己が望んでも構わないだろうと考えたらしい。

帝都に出て、珈琲《コーヒー》というものを知って、これは小豆《あずき》でも似たことができるのではないかと試行錯誤。その末に、店は繁盛した。

己にはこういうこともできるのかと驚いている中、思い詰めたような顔の可愛い娘が度々通ってくるので、つい声をかけてしまった。

「だからって、まさかぼくの名を騙《かた》るとは」

「へぇ。榊隆光様のお名前は、わしらの間じゃ有名でございますから」

へらり、と小豆《あずき》洗いが笑う。

変化《へんげ》の得意な妖怪ではないが、知っている姿を少しの間なら真似られた。自分の店、自分の縄張りの中で小豆《あずき》を食べながら、なんとか続いた術であるが。

週に三度通ってくる少女に恋をして、あやかし姫の祝言《しゅうげん》の際に見た神田の姿を模《も》した。

「それにしても、嫁にしてどうする」

「最初は、そうですね。一緒に山に来てもらって、子どもをたくさん産んでもらって、それで、村でも作ってもらえればと思っておりました」

そうしたら、また十年、二十年と、続いていくだろう。

「村がないのは、困りますからねぇ」

と、心底真面目に言う。源二郎と神田は顔を見合わせた。要するに、地方のものが都会に嫁を探しに来た、ということだ。しかし。

「姿を偽ったのは良くない」

「しかしね、旦那さん。わしのそのままで、娘っ子が来てくれますか? 来ちゃくれないでしょうよ」

うまく騙し続けられれば、あとは子どもを作ってなし崩しにできただろうと小豆《あずき》洗いは言う。

「……まぁ、あやかしが、姿を偽って人間と結婚したりするのは、よくある話、ではあるんだけどね」

たとえば美しい若者に化けてどこぞの姫をたぶらかした蛇の話。ものを食べない女に化けてケチな男に嫁いだ妖怪。よくある話、ではあると神田は頷く。

「そういう話の多くは、どちらかが犠牲になる末路のたぐいだろう」

しかし、そういった話は結局正体が発覚して、人が食われる、あるいはあやかしが退治されるなどの結末だ。あやかしと人が共に生きると定められた、この街灯の明るい時代にそのようなことがあってたまるか、と源二郎は一蹴する。

あやかしが関わっている以上、源二郎もこのまま放ってはおけない。

依然、小豆洗《あずき》いは香子を嫁にしたい、と言い張っている。

「結婚したいと、思い詰めていましたよ。あのお嬢さん。わしのところに来れば食うには困りませんよ」

「そういう問題ではないだろう」

源二郎は谷口氏の方へ使いをやって、実はあやかしがお嬢さんを騙そうとしていた、と短く告げると谷口氏は静かに頷いて、今回のことは何もなかったことにすると承諾した。

だが、娘の方はどうだろうか。

「――だったら、あなたがわたくしと結婚してください」

今まさに谷口氏のもとから帰ってきた使いのものに話を聞いていると、香子が飛び込んできた。あとをつけてきたと言う。ただの女学生につけられるとは何事か、と源二郎が使いの隊員を見ると、隊員は神田を見た。

神田の差し金らしい。

「いやほら、こういうのはちゃんと納得させないと面倒くさいし、それに、ぼくもちゃんとしたいしさ」

何がちゃんとしたいのか。

香子は小豆《あずき》洗いを睨みつけ、そして神田にぐいっと、視線を向けた。

「あなたは独身なんでしょう？　わたくしと結婚してください。それなら、今回のことは黙っていてさしあげます」

あやかしが喫茶店を開いていたことや、知ってはならない榊の名前のことなどを、香子は脅迫の材料にできると踏んだらしい。

「生憎ぼくは、世帯を持つ気はなくってね。どちらの名であっても」

「お飾りでも構いません。わたくしは、どうしても卒業する前に結婚したいのです」

神田がはっきり断っても、香子は食い下がる。卒業面《づら》になりたくない、という予想はそのとおりで、香子は卒業してしまうことを「恥」だとさえ言った。

「まぁ、そうだねぇ。きみが、あやかしに騙された可哀想な被害者、気の毒なお嬢さん、恋心を弄《もてあそ》ばれて残念だったね、と、同情して、何か良い縁談を持ってきてあげる、っていうのも、あるにはある、かな？」

自分の妻にはできないが、どこぞの良家の子息を紹介することはできる、と神田はにおわせる。

「えぇ、それでも構いません！」

香子の方は喜んでその提案に飛びついた。

と、そこで源二郎ははたり、と気づいて顔を上げる。

「……」

じっと、小豆洗《あずき》いの方を見る。禿《は》げ頭に貧相な体の、見るからに醜いあやかしは源二郎の視線を受けてへらり、と笑った。何も言わず、そのままで、と言う顔だった。

香子の結婚相手について谷口氏も交えて話そう、ということになり、神田が馬車に乗って香子を送っていった。

「……あれで、いいのか？」

源二郎は小豆洗《あずき》いの縄をほどき、茶の間に通す。丁寧に扱われるとは思わなかった小豆洗《あずき》いはおっかなびっくりと目を丸くしながら、出された座布団の上で小さくなった。

「……と、仰《おっしゃ》いますと」

「……おれには、おまえがわざと、こうしたように思える」

小豆洗《あずき》いは答えなかった。じっと黙って、ただ座布団の端を見ている。

「榊の名を知っているということは、その役目も知っているはずだ。その上で、榊のふりをした。求婚した。どうなるか、わかっていたのではないか」

ひっそり隠れて帝都にて喫茶店を営んでいた。珈琲《コーヒー》ゼリーが評判の、立地も良い店だ。人と道理の異なるあやかしが今日までやってこられたのは並々ならぬ苦労あってのことだろうと、源二郎でさえ想像できる。

「嫁御が欲しかったのですよ」

そう申しましたでしょう。と、小豆洗《あずき》いは微笑む。笑うと、欠けた歯が覗いた。

「……おそらく、おまえは帝都から出されるだろう。人間の娘を騙し、攫《さら》おうとしたのだとも疑われる」

「でしょうなぁ」

「なぜそこまであの女学生に尽くした」

本気であの女学生を自分の山に連れていこうと思っていたのか。そうではないだろうと源二郎は推測する。本気で、あやかしが人を謀《たばか》ろうとしたのなら、あの世間知らずの娘一人騙し通すのは容易《たやす》いはずだ。

となれば、わざと、こうして自分たちにばれるように、あの娘を被害者として、そして、あの娘の現状の人生では巡り合えない異性に出会うことができるよう、この小豆洗《あずき》いが行動したように、源二郎には思えてならなかった。

茶を勧めると、小豆洗《あずき》いはゆっくりと、湯呑を手に取った。ずず、と啜《すす》ってしばらく、ぽつり、と口を開く。

「惚れて、しまいましてね。どうにも、こうにも」

喫茶店に女学生がやってくるのは珍しい。裕福ではないのだろう。一番安い水だけ頼んで、じっとしている。何をするわけでもなく、ただ座っている。時折、店に来る書生や、男子学生、洋服の紳士を見ては顔を赤らめる純情な娘。

一度、注文を間違えて余ったから、と珈琲《コーヒー》ゼリーを出したら大層喜ばれた。女客が少ないから、女学生が「あら！　おいしい！」と、声を上げてくれたのが嬉しかった。

「それで、どうしても、話をしたくなってしまいましてね」

榊の姿を取ったのは、最初は話したとおりその姿が真似しやすかったからだ。香子という名も教えてもらい、悩みも打ち明けられた。

「……卒業前に結婚できないかもしれないと、泣くもので。ねぇ……」

「己でなくともいいのか」

「わしはあやかしですからね」

無理でしょう、と小豆《あずき》洗いは微笑む。惚れた相手に幸せになってもらいたいと、小豆《あずき》洗いは願っている。

茶をごちそうになりましたと、小豆《あずき》洗いは丁寧に頭を下げて礼を言った。おそらく自分は近く、帝都を離れることになるだろうから、その前にまた珈琲《コーヒー》ゼリーを食べに来てくださいとも誘われる。

去っていくその姿を見送って、源二郎は霧の出る夜空を見上げた。

あの女学生、香子。女学校を卒業してほしいという父親の願いも、彼女の幸福のために自身を犠牲にしたあやかしの想いも、届かず、ただ自分の望むものにだけ手を伸ばした。

はたしてそれで、幸福になれるのだろうか。

源二郎は、難しいだろうと思う。だが、あの女学生が不幸になってしまったら、父親や小豆《あずき》洗いが気の毒だ。彼女は自分が他人に大切に思われていると気づくだろうか。

「惚れた、か」

あっさりと、小豆《あずき》洗いが口にした言葉。あやかしは一途だ。千花子を見ていてもそう思う。しかし、あやかしが人に向けてくれる想いと同じだけのものを、あやかしに向けることが、人に、人間に、できるものなのだろうか。

己は千花子に、想いを返せるだろうか。

第四話　あやかし姫と中尉殿、ジャムパンを食べる

「そろそろ落ち着いてきただろうし、お昼は姫を誘って、二人で洋食でも食べに行ったらどうだい？」

源二郎の配属先は、表向きは神田湊と同じく諜報部となった。その実態は一般には知られぬ、対あやかしのための部署で、あやかしの道理の強い場所に入ると赤く変化する軍服の、「赤狐」に属している。

「鏡役」と呼ばれる役目はあやかし姫の夫役のことだ。あやかしというものは人と異なる考えや道理を持っている。彼らと同じ世界で生きるためには、人の世を理解しているあやかしが必要で、そして、すぐに他人をねたみ裏切る人間と違い、あやかしたちは一途であった。

あやかしが人に惚れると、その道理を学ぶようになる。どうすれば相手が喜ぶのか、どうすれば相手にとって好ましいのか、そういうことを知りたいと求める、学ぶ。

鏡役、とはその名のとおり鏡の役である。夫役の振る舞いや善性が、そのままあやか

し姫の善悪の基準になる。あやかし姫は鏡役が大切にしているものを「守るべきもの」と考えるし、嫌っているものを「悪いもの」だと、そう判断する。

それであるので、赤狐での源二郎の主な仕事は、神田やその他の隊員が、管轄内で起きる事件や騒動にあやかしの関与はないかと調査するのを……見ていることくらいであった。

元々は、幼い少年が鏡役になると予定されていたので、隊もそのように仕組まれている。源二郎がすべき仕事というのは、実のところほとんどない。

鏡役としての心構えやあやかしのことを学んでしまえば、そう、源二郎は、ただあやかし姫の機嫌を取っていることだけを求められた。

「……」

これでは軍人としての己は飼い殺しのようなもの。といって、前の部署に戻してくれと頼んでも、泊まりや遠い地への出張があってはあやかし姫の鏡役としての意味がない。

そうして、執務室にてただ調書を読む源二郎に、見かねた神田が声をかけたのである。人の名を得た千花子は、耳や尾を隠せるようになった。それなら気兼ねなく洋食店に行ける。

「厚意はありがたいが、遠慮いたします」

執務室には他の隊員もおり、源二郎は神田を上司と心得た態度を取る。

「いても邪魔なんスけど」

「家にいてくれればいいのにさ」

ぼそり、と誰かが漏らした。本人としては聞こえぬように、と小さな声のつもりだったようだが、静かな室内では響く。

「今の――」

「失礼した」

神田が発言者を咎《とが》める前に、源二郎は軍帽を取って立ち上がる。

気まずい雰囲気が流れた。こういうことを望んではいない。己は神田の勧めのとおり、外に昼食をとりに行くべきなのだ。

立ち上がり、執務室を出ると神田が追ってきた。廊下で、こちらを呼び止める前に、源二郎は首を横に振る。隊長として、神田がやらねばならぬ仕事は多くあるはずだ。そしてその中に、先ほどの発言者たちを咎《とが》めることは入れるべきではない。

視線が合った。神田は、神田湊の顔で困ったように笑っている。もう一度首を横に振ると、今度は赤狐の隊長としての顔。源二郎が「休憩を頂きます」と頭を下げると、それを承諾するように頷いた。

§

赤狐隊の隊舎敷地内には、稲荷社が建っている。これでいつでもあやかし姫と、本来であれば共にいる鏡役に連絡を取れるように、とのこと。確かにこれを使えば千花子を誘って外に食事に行ける。

だが源二郎は、千花子には常に夫として頼りになる男だと思われねばならないと考えていた。オムライスの件に関しては、あれこれと豆助先生に教わったおかげで詳しく話せたが、他の洋食ではそうはいかない。洋食店に出かけて、初見の店で醜態《しゅうたい》を晒《さら》さないでいられる自信はなく、見栄を張って知ったかぶりもしたくない。

それであるので、千花子を洋食店に連れていくのであれば、予習が必要だ。なので先の神田の申し出は断ったが、場の空気を悪くした。

「おれは自分のことばかりで、相手を気遣うということがどうにもできない」

こういう男が、はたして夫としてふさわしいのだろうかとそういう思考になる。

「神田のような男の方が、千花子殿の夫になるべきだったのではないか」

ふと、そんな考えまで出てきた。甥《おい》の代役になっただけの自分だ。あやかしの世界について明るくはない。それなら、赤狐の隊長であり、なんぞいろいろ知っているだろう神田が、そういえばなぜ、鏡役候補にならなかったのだろう。

考えながら歩いていると、いつのまにか足下に猫が寄ってきていた。

「なぁ軍人さんよぅ。ちょいと来ておくれよ。おいら困っちまってよぅ」

「……まだ日が高いはずだが」

「猫又っていうのは力が強くてね。いいだろぅ、暇そうだしよぅ」

三毛の、でっぷりと太った、尾の分かれた猫である。あやかしと言えば夜の霧が出る頃に現れるものだが、猫又は昼間でも関係なしに現れるのか。そういうものなのか、と源二郎は頷いて、暇人だと言われたことには些《いささ》かムッとしたけれど、本当のことではあった。

さて、あやかしからの頼み事。この半年に学んだことの中に、彼らからの「頼み事」、あるいは彼らの命に関わることは、危険なことだとあった。

先の、大蛇の件で言えば、ただ荷物に入り込んだだけの白蛇に、卵を「与えた」。それは、白蛇にとっては「礼を返さねばならない」という考えになり、白蛇は学生に「幸運」を運んだ。

たとえば、口べたな男が人の輪に入れるように、少しの勇気ときっかけを、と。それは些細な、互いの善意だったが、それが結果、ああなった。卵をもらったから幸運を、幸運をずっと、もっと、もっと、だから力をつけるために卵が必要に、とそうなった。

あやかしのしでかす「人の世にとっては問題や事件になること」というのは、悪意がない。悪意がないから難しい。

「……」

源二郎はちょっと警戒する。だが、己は他を守るための軍人であり、そして、あやかしについても少しは学んだ。こうして猫又が助けを求めているのなら、話を聞いて、そしてそれを赤狐に報告する、それは己にもできるのではないだろうか。

「わかった」

頷いて、源二郎は猫又のあとをついていく。三毛の雄猫は「そいつは助かったよぅ」と撫でるような声を出した。

ゆらゆらと、揺れる尾。猫又がするすると行く裏通り、進んでいけば吉原の裏……つまりは遊女たちが寝起きする置屋の裏にたどり着いた。吉原への唯一の入り口である大《おお》門《もん》をくぐったわけではない。吉原にはぐるりと周りを囲う塀《へい》と堀があるはずだが、猫又の案内だ。そのあたりの道理はどうにでもなるのだろう。

日が高くなり、起き出した遊女たちが二階からこちらを見下ろしてくる。甲高い声や、白い手がこちらに伸ばされた。

「帰らせてもらう」

「はは、旦那ァ、どうやって帰るんですよぅ。おいらがちゃぁんと送り届けないと、旦那は昼間っから色町で遊ぶ軍人さんだって知られますよぅ」

猫又は、最後まで付き合えば自分がきちんと先ほどの道を通って帰すが、ここで帰るなら大門を通らねばならないと笑う。

「旦那のことは存じておりますよぅ。あの金のあやかし狐の姫様をもらったお方でしょう。いくら枕を並べぬあやかしと人同士とは言ってもねぇ。世間様はそうは思っていないんでしょう?」

公には、源二郎の妻は人間である。妻がいるのに祝言《しゅうげん》後半年で吉原に通った男だと、そう世間は思うだろう。

「……困っているというのは本当なのだろうな」

「それはえぇ、えぇ、本当でございますよぅ。おいらはとっても困っておりまして」

猫皮で三味線を作るのだったか。そんなことを思い出しながらも、ついていこうと決めたのは己である。源二郎は辛抱し、猫又を見下ろした。

猫又としては、てっきり、二、三度は蹴られると覚悟していたらしい。源二郎が眉間にしわを寄せながらも猫又の困り事とやらを聞く姿勢を見せたので、一瞬きょとん、と間の抜けた顔をした。

「こちらで、こちらでございますよぅ、軍人さん」

さて、猫又が案内したのは置屋の一室。男が勝手に上がって大丈夫なのかと気にしたが、途中店主と遭遇した。

吉原の主人は忘八《ぼうはち》と呼ばれる。仁・義・礼・智・信・忠・孝・悌《てい》の八つの徳を忘れた人でなし、という意味である。

これまで自分の世界では縁がなかったが、吉原の置屋の主人というものは、さぞ金にがめつく卑《いや》しい顔をしているのだろうと源二郎は思っていたが、この主人は特にこれと言った特徴のない、大人しそうな中年の男であった。

目が合うと、店主は何も言わずにすっと頭を下げるだけで、猫又についていく源二郎を咎《とが》めない。猫又の方が主人のように堂々としている。

猫又は奥の部屋の前で止まった。ちょんちょん、と前脚を器用に動かして襖《ふすま》を開ける。

「あぁ、らっくく。お戻りでありんすか。わっちはもう、とんと肝が冷えて」

「大丈夫ですよぅ、姐《ねえ》さん。おいらが戻りましたからね」

強く白粉《おしろい》のにおいがした。襖《ふすま》の奥には、湯上がりらしい浴衣姿の、髪の長い女が一人、赤ん坊を抱えている。赤ん坊はすやすやと女の腕の中で寝息を立てているようだった。

「おや、らっく。なんだいその軍人さんは。おまえ、やり手のようなことを覚えたのかい？」

「嫌ですよぅ、姐《ねえ》さん。おいらは雄猫ですよぅ。見てくださいこの立派なふぐりを」

§

遊女は門松《かどまつ》という名で、猫又の飼い主だという。どれくらい人気の遊女なのか、と猫又が何か言っていたが、源二郎が聞きたいのはそういうことではない。

「この赤ん坊はわっちの子ではありんせん」

では己の方から説明を、と、赤ん坊を抱いたまま遊女が居住まいを正した。

遊女に赤ん坊。珍しいことだが、ないわけではない。堕胎が間に合わなかった、あるいは隠し通した遊女がひっそり子を産むことはある。

しかしそれにしたって吉原の外の療養所かどこかで産むもので、吉原の中で赤ん坊の声が響くことはまずないと聞く。

「迷子、あるいは捨て子ということか？」

「ぬしさんは、そう考えるのでありんすか。変わった人《しと》でありんすねぇ」

「軍人さんはさすが鏡役をお務めの人だよぅ。普通は門松姐《ねえ》さんが自分の子じゃねぇって嘘言って捨てようとしてるとか、他の遊女が産んだのか、では誰だと、聞くだろうによぅ」

妙な感心をされるが、源二郎は別段変わったことは言っていない。自分の子ではないのなら他の人間が産んだのだろう。そして、それがわからないから困っているんじゃないか。それは、見てのとおりではないか。

さて、遊女が話を続けた。この赤ん坊、今朝方、門松が泊まりの客を見送って自身の部屋に戻ったら、布団の中にいたらしい。

最初は誰かのいたずらか、それにしても質《たち》が悪いと、禿《かむろ》たちに聞いたが誰も知らない。出所はわからぬが自分の布団に赤ん坊がいる。これは己の子だと周りに思われるかもしれないと門松は恐れた。赤ん坊が泣きそうになる。赤ん坊のあやし方など知らない。

これはもう折檻《せっかん》されてもいいからと、置屋の主人とおかみさんに「わっちの布団に赤ん坊がいる」と伝えた。主人とおかみさんは、それはもう驚いた。稼ぎ頭の一人である門松だから、赤子がひっそりできていて、それを隠し通すなんてことはまずできない。

それなら他の遊女の子かと皆が一斉に呼ばれたが、それらしき様子の女もいない。

ではこの赤ん坊は誰の子だ。

いや、「どこから来た」のかと、それを気味悪がった。

「この子は賢い子、時々癇癪《かんしゃく》を起こしんすが、あやせば笑ってくれるでありんす」

置屋に赤ん坊がいるなど望まれない。どこかに捨ててしまおう、あるいは堀に投げ込んでしまおうかと、保身を考えるものたちがそんな話をした。

けれど門松は、この赤ん坊が自分たちに何をしたのか、何も迷惑なんてかけようと思っていないだろう赤ん坊に、そんなひどい仕打ちは良くないと、首を横に振った。己の布団の中で寝ていたので、妙な心もわいた。

柔らかな頬に触れ、小さな手がきちんと自分の指を握るのを感じた時、ぎゅっと胸の奥が苦しくなった。見たところ、普通の赤ん坊だ。歯はまだない。あやかしの子のような様子もなく、ただの人間の子どもだろう。

「らっくに頼んで、この不思議をどうにかしてくれる人《しと》を連れてきてもらったでありんす」

女児のようで、もしこの子が捨て子なら里親を探すことも考えるが、この吉原で見つけた里親では、いずれ遊女か芸者になる。しかし捨て子ではなく、万が一神隠しにあった子か何かで、親がきちんといるのなら、捜し出してやりたいと門松は考えた。

「借金を抱えたこの身にお礼は難しいでありんすが、お望みならお座敷で……」

すっと、頭を下げるその様子や、源二郎に「妻がいるので結構だ」と断られ、狼狽《うろた》える様子。他に差し出せるものがないと顔を青くし、頭の珊瑚《さんご》のかんざしを引き抜いて渡そうとするもので、それも断る。

なるほど、よくわかった。

表沙汰にはできない。役人に赤ん坊を渡しても、きちんと育ててもらえるか不安だ。放置されお腹を空《す》かせて泣き続けるのではないか、あれこれ考えて胃が苦しくなると言う。けれど自分にできることはなく、こうして吉原の外に親を捜しに出ることもできない。

他人に頼らねば何もできないことを恥じる女に、源二郎は生真面目に答えた。

「自分が引き受けよう」

あやかしが関わっている可能性はある。遊女の布団に赤ん坊を、誰にも知られずに入れたのだ。吉原の中では生まれない赤ん坊をどこから？　そもそもこの赤ん坊は、人間の子なのか。そこからも考えなければならない。

己も、赤狐のものとして、そして千花子の夫として、あやかしの問題を解決するのだと、源二郎は頷いた。

「ぼくが……ッ、源二郎を一人で行かせたばっかりに！　やさぐれた源二郎が昼間っから郭《くるわ》通いするなんて！」

「来て早々の茶番はやめろ」

さて、門松のところにいつまでも赤ん坊は置いておけない。遊女らはこれから半日かけて夜の支度をする。昼に客を取るものもいるそうだが、部屋持ち遊女である門松は夜のみだそう。

門松は赤ん坊を源二郎に預けることを決めたものの、中々渡そうとしなかった。何度も何度も源二郎に頭を下げて、この子が寒い思いやひもじい思いをしないようにしてくださいと、何度も何度も頼んだ。

§

そして、猫又の「らっく」に案内されて再び隊舎に戻った源二郎は、執務室にて状況説明のための報告を上司である榊隆光、つまりは神田湊に行ったのだが、聞き終えたのちの開口一番、ふざけた言動である。

執務室内の他の隊員たちは、源二郎のいない間に何かあったか、こちらに顔を向けず黙々と仕事をしているが、そのうちの一人が赤ん坊を預かろうと名乗り出てきた。

黒髪で表情に乏《とぼ》しい顔の、小柄な隊員。少年かと思ったが、髪が短い女であった。

「原田《はらだ》きよと申します。故郷で弟たちを育てましたので、お世話はできるかと」

「うん、そうだね。彼女は細かいところにも気がつくし、いいと思う。原田くん、お願していいかな」

「はい」

原田という女隊員は抑揚のない声で頷き、源二郎から子どもを引き取った。赤ん坊は大人しく、目を開けているものの泣いたり騒いだりはしない。

そういえば、赤ん坊というものはよく食べて泣いて寝ると聞いていたが、置屋で何か食べさせてもらっていたのだろうか。空腹を訴える様子もない。

「榊隊長、失礼いたします。あやかし姫がお訪ねになられました」

源二郎が原田隊員の傍で彼女の抱く赤ん坊の頬に触れていると、執務室の外から声がかかった。

「あぁ、末姫が。あ、あー！　ちょ、ま」

千花子が来たのか、と源二郎は振り返る。神田の方もすぐに入室の許可を出そうとして、一度、こちらを見て固まり、慌てて大声を上げる。

が、そのまま執務室の扉が開いた。

「…………………まぁ！」

隊舎の中なので隠す必要のない金の毛の耳に、ふさふさとした丸い尻尾。赤や黄色の花で彩られた着物に外出用の外套《がいとう》を羽織ったあやかし姫が、源二郎とその隣に寄り添い赤ん坊を抱く女性を見て、目をまんまるく見開いた。

「ちが……違うんだ末姫！　これは、誤解なんだ！　別に源二郎がよそで子どもを作っていたとかそういうんじゃないんだ！　ちょうど生後半年っぽいけれど誤解なんだ！」

「おい神田。なぜ余計なことを言う。わざとか？」

あやかし姫が入ってきた瞬間に場が静まり返り、誰が何を言うのかと緊張していた中で、ぎゃあぎゃあと神田が騒ぐ。それで、源二郎は今何がまずいのかを理解したが、なぜそんなあえて誤解されるような言い方をするのか。黙って堂々としていれば、ただ赤ん坊を抱いている女が一人いる、とそういう認識で終わったはずなのに、なぜ己と関連させるのか。

「………これはこれは、鏡役殿の仕事ぶりを見に来たのですが。これはこれは、中々どうして」

千花子は何も言わない。ただ黙って立っている。しかし、その千花子の少し後ろに立つ、きらきらと光る白銀の髪に長身の男が、赤い瞳を細め、もったいぶるような口調で、楽師が歌うように笑った。

その頭には千花子と同じく狐の耳がぴん、と張り、しかし、尾は一尾ではなく九あった。九尾の狐の登場に、ざっ、と、一瞬で、執務室の隊員が跪《ひざまず》いた。

「天狐《てんこ》様」

と、伏した神田が呼びかける。

妖狐というのは様々な種があるが、千花子のような金の毛の「金狐《きんこ》」、「銀狐《ぎんこ》」「白狐《びゃっこ》」「黒狐《こくこ》」そして「天狐」の五種族は「善狐《ぜんこ》」と呼ばれ、「人に善行を行う狐族」であると考えられている。逆に、人に災いや悪事を働くあやかし狐は「野狐《やこ》」と言う。

天狐とは五種の善狐の中で最も位が高く、神に等しい神通力を持つ。源二郎は文献にて学んだことを思い出しながら、自分も伏すべきかと膝を折りかけるが、天狐がじろり、とそれを目で制した。

「金の姫の夫なれば、そう易々と他の狐に頭《こうべ》を垂れるものではありません」

ぴしゃり、と、声ばかりは穏やかだが冷水のような響きがある。

気づけば、執務室の隊員らの隊服は赤く染まっていた。千花子がいるだけでは変化しなかった服だ。赤くなるということは、この場の道理が書き換えられているということ。

ただの一人で、それも、本性を出していないというのに。こちらを値踏みするような天狐の瞳が源二郎を見つめている。なんぞ、己は気に入られていない、それはわかる。だが、同時に、妙な敵意のようなものを感じた。

そういえば、半年前の祝言《しゅうげん》にて、この天狐は見かけなかった。参列するだろう関係のはずだがいなかった。

「おぎゃぁあああぁぁあああ」

沈黙し、重くなる執務室内にて、赤ん坊の泣き声が響いた。はっとして、源二郎は原田隊員に目を向ける。

くれぐれもと念を押された身、赤ん坊に不自由があってはいけないと、床に伏せる原田隊員の手を取って引き起こし、こういう時赤ん坊が求めることをしてくれ、と頼んだ。天狐の到来に体を硬くしていた原田も我に返り、周囲の顔色を窺いながらも一礼して、隣の部屋に入っていく。

「全く情けないことです。己の妻よりも、先に気遣う存在がいるのですか」

「子どもは、何においても優先すべきでしょう」

何か必要なものがあるかもしれないと、それなら己が用意しようと原田の入った部屋に声をかければ、後ろから天狐が呆れたように言う。だが源二郎としては優先順位を間違えているつもりはない。

人とあやかしの道理は違うためか、と首を傾げていると、神田がぐいっと、こちらの腕を引っ張った。そして、ぼそっと、小声で告げる。

「天狐殿は、元々末姫をもらうはずだった方なんだ」

そういえば己の妻は、本来姉たちの誰かが人に嫁ぐはずだったところを、洋食を食べたさに代わってもらったのだと、そう思い出した。

§

この時代、西洋文化の影響は衣食住様々なものに及んだが、洋装というものはまだまだ一部のみに留まっていた。西洋の装いをいち早く取り入れたのは軍隊で、軍服は最先端ファッションとも言える。政府高官らの服装は軍服に続いての西洋化となり、燕尾服やドレスが輸入され、日本人の体格に合わせて作り直された。

しかし、日常、一般市民の服装はまだまだ和装が当たり前。和服の上に二重まわしの外套《がいとう》、ステッキに帽子といった組み合わせはあるが、基本的には和服で、それに多少何か洋装を加えることが主流だった。

「……」

「天狐殿、その装いは目立つのではありませんか」

輝く銀の髪がただでさえ人目を引く。それであるのに加えて、更に、奇抜なその装い。

源二郎は眉をひそめる。西洋の、夜会用の装いというのは自分もそれなりに目にしてきた。だが天狐の纏《まと》う服は見慣れない。つくりから、西洋のものであるのは間違いないだろうが。

ぴったりと足に張りつく洋袴《ズボン》に膝までの長靴。外套《がいとう》は羽織のようにゆったりとはしておらず、こちらも上は体の線がわかるほど細身に作られ、高い襟《えり》がやたらと広がっている。手には狐の銀細工が施された杖。頭にはつばの両側がそりあがった紳士帽。

「西洋のものたちが来た利点は、我らの姿も彼らに紛れてしまえる、ということですね」

耳と尾は隠したものの、その、人ならざるものの美しさは隠しようがない。天にある月を雲で隠そうとしても光が漏れる、とばかりの様子で天狐は嘯《うそぶ》き、その堂々とした洋装に遠慮がなかった。

さて、源二郎は現在、この男の目からも美しいと思うあやかし狐殿と二人、浅草を歩いていた。このあたりはいつでも人が多く騒がしい。他人のことなど構う余裕がないお祭り騒ぎが年中の場所で、それでも天狐とすれ違うものは皆振り返った。しかしそれも、洋装の後ろ姿を見て「意識に入ったのは洋装だったからだ」と勝手に思って追わずにいてくれる。

天狐は、源二郎を食事に誘った。姫の方はまだ外食に行くには早いと、天狐のお達し。源二郎は先ほどの赤ん坊についての話を彼女にしたかったが、行ってらっしゃいませ、と微笑んで送り出されてしまった。

浅草の、浅草寺《せんそうじ》の境内に入る。土産物屋、ぼてふり、人力車の呼びかけなどを通り抜け、源二郎は天狐に「おみくじを引いてみなさい」と言われた。そのとおりにすると「末吉」である。良くも悪くもない。しかし、末吉というのは末に広がる。今より良い将来が来る、という意味でもある。

「大吉や大凶は引けませんか。つまらない男ですね」

源二郎は結果に満足していたが、天狐には鼻で笑われた。千花子がいなければ容赦なく棘《とげ》を出す気でいるらしい。続いて、天狐もおみくじを引いた。引く前に、一度ちらり、と浅草寺の本堂の方に視線をやる。

そして引くと大吉であった。

「……」

「何か文句が？」

「いえ、何も」

何やら不正を感じなくはない。ないが、まぁ、あやかしと人は道理が違う。源二郎が首を横に振ると、天狐はふん、と鼻を鳴らした。そして次に、洋装の狐のあやかしが向かったのは、昨今話題の「天神《てんじん》バー」である。

浅草寺、雷門を背に左へ少し歩くと瓦屋根の立派な店がある。元々は酒の一杯売りだったが、明治初期に輸入葡萄《ぶどう》酒の販売を始め、十年前に屋号を「天神バー」と改めた。売りにしている速成ブランデーは「雷神《らいじん》ブラン」と呼ばれ、源二郎でも聞いたことがある。中々強い酒だという。なんでも、西洋の酒をいくつか混ぜて作ったものだそうだ。

一杯七銭。あやかしが人の貨幣を持っているのかと源二郎は自分が出そうとするが、天狐はそれを拒否し十四銭支払った。奢《おご》る、というつもりなのはわかるが、源二郎は顔を顰《しか》める。

「なんです、私の酒は呑めぬ、とでも？」

「いえ」

少し躊躇《ためら》ってから、源二郎は「職務中でありますので」と答えた。

その答えに天狐は軽く目を見開いた。驚いた顔は、千花子に似ているように思える。

しかしその顔はすぐに元に戻り、呑まねば千花子と離縁させるぞ、と脅してきた。本気には思えない声音だったが、そう言われては従う他なく、源二郎は店のものに頼み事をした。真面目そうな軍人に話しかけられた店員はその内容にも驚いたようだったが、しかしにっこりと「普段軍人さんにはお世話になっていますから」と請け負ってくれた。

「これで今はただの男で、あなたとは親戚筋。それでは、頂戴いたしましょう」

「……生真面目な男、とは聞いていましたがこれほどとは」

電報を打って、軍服を脱ぐ。本日は退勤したいという旨はすぐに隊へ伝わるだろう。これなら飲食しても問題ない。そう判じて隣に座ると、天狐はぐいっと、グラスをあおった。

§

「何か金の姫に土産を買って帰りましょう」

雷神ブランはかなり、酒気の強い酒だった。雷の神という、その名の印象を損なわない強烈さ。普段から酒はたしなむ程度である源二郎にはかなり効いた。

歩けないほどではないが、思考が定まらない。ふわふわと、妙な心地になるが、己は軍服を脱ごうと帝都軍人である。源二郎はぐいっと、水をあおって背筋を正した。天狐は源二郎よりしこたま呑んでいたのに、まるで酔った様子がない。

滑るように典雅な動きで店を出て、仲見世の方へ進んでいく。

「輸入品を扱う店があったはずです。そこで何か、選びましょう」

「目星がついているのですか」

「私が贈ればなんでも彼女は喜びます」

なるほど。そうだろうと源二郎も頷いた。そうすると天狐は嫌そうな顔をした。

千花子はいつでもはにかんだように微笑んでいる。他人がなんぞ自分に贈ってくれたのなら、きっと花が咲くように笑うのだろうと、それは想像に容易《たやす》かった。

仲見世の大通りから外れ、白鬚橋《しらひげばし》の方へ進むと建物の様子が変わる。民間ではまだ珍しいガラスをはめ込んだ窓の、こざっぱりとした店があった。これが天狐の目当ての店だろう。

朱に塗られた扉には横文字で店名が書かれている。

「ようこそ、いらっしゃいませ」

扉を開けるとカラン、と音がした。上に大きな鈴がついているらしい。

「あぁ、これはいつもご贔屓《ひいき》に」

「何か面白いものは入りましたか」

男の店員が一人いた。帳簿をつけているところで、天狐とは顔見知りのよう。

髪は短いが、ざんぎり頭ではなく耳が隠れる程度。引きこもった作家や書生に多い、手入れを怠《おこた》った無精な長さだが、不思議とこの店員の頭はそのような印象を受けない。丁寧に整えられているからだろうか。女の髪のように艶があった。こちらの男も和装ではなく洋装である。

「近頃はうちの船の出入りも制限されておりまして。目新しい道具は何も……ぁぁでも」

と、店員はちょっと棚を開く。

「この国のものですが、筑摩《ちくま》の方で作り始めましてね」

ことん、と机の上に置かれたのは源二郎も見たことのある、缶詰だ。文明開化の影響で流れ込んできたあちらの技術の一つ。長期保存と輸送に適した、割れにくく持ち運びやすいもの。

この国でも北の方で缶詰工場が作られ各地へ輸送されているという。源二郎は詳しくないが、輸出用にいわしやまぐろ、みかんなど、この国で多くとれる食べ物を缶詰にして、これで商売になるらしい。

「缶詰ですか。中身はなんです？」

天狐もすでに缶詰を承知のようで、別段珍しそうにはしなかった。しかし表に何も描かれていないので中身がわからない。ただ普通の缶詰より大きい、というくらいしか源二郎もわからない。

「筑摩と言えば苺か？」

「おや、お連れさん。ご存知でしたか」

「いや。学生の頃、地方の出のものが帝都にはない物を議題にしたことがあってな。苺なら皇族の御料地《ごりょうち》にあるが、民間の口に入るものなら地方から運ばれたものかと」

「えぇ。そのとおり。そしてこちらの中身はジャムですよ。苺のジャムです」

と、店員はそこで一度店の奥へ消えた。少し待つと、手に何か持って帰ってくる。

「私はこのように売り出そうと考えておりまして」

そう言ってこちらに見せるのは、おがくずの詰まった箱。中には、横倒しになった瓶が三つ入っている。

瓶と言っても、源二郎が知るガラス瓶というものは酒や水物を入れる、胴が太くて口の狭いものだ。高級品で、扱いも難しいと聞く。

店員が持ってきたのは、今まで見たことのない小ぶりなガラス製の、片手で持てる円柱のつくりだ。これでは蓋《ふた》をするために大きな栓が必要で、不格好ではないかと思うが、栓はガラスやコルクではなく金物でできていた。

箱に丁寧にしまわれた瓶の中には、赤や黄色、濃い紫の、おそらくはジャムらしきものが入っていた。

「輸入品ですと、移動の分、缶詰の方がよろしゅうございますがね。国内で商売するのなら、こうして立派にしてやった方が良いでしょう」

「確かに、これは見目が良いですね。婦人への贈り物として喜ばれそうです。どうです？　婿殿」

「おや、お連れさんは奥方がおありで」

「少し前に私の縁《ゆかり》のものが嫁ぎました」

おめでとうございます、と店員は祝いの言葉を述べた。そして、これは店員として不作法であるが、と前置いて店員が訊ねる。

「失礼ですがお連れさんは私とそう歳が変わらない方でしょう？　男はこの歳になれば、仕事で責任のあるものを任される、己の裁量でできることが増える。そういう中に妻を迎えるというのは、どういうものでしょうか。戸惑うものではないでしょうか」

「それは、妻を迎えると負担になる、ということだろうか」

「いいえ。いいえ、そうではありません。ただ、愛しい人を妻に迎えて守りたいと強く願うと、それが心に残って、己一人の時と違い、無茶をしなくなるのではないでしょうか」

確かに。世には、妻を迎えて落ち着いてほしいと、そういう考えもある。この店員は輸入品を扱う店のもの。ということは、海の向こうにも行くのだろう。

神々やあやかしが現れた我が国は霧によって守られ、船の往来が制限されているが、鎖国時代より外へ行きやすくはなった。悪しきものは霧によって阻まれ、害をもたらすものは海に沈む。

外から国へ戻ってくる時に、よこしまな心、あるいは国に害となるものを持ち込めば死ぬ。何が神々やあやかしにとって「害」と判じられるのかはわからない。だから政府の厳しい入国審査や、そしてきっと、神田ら赤狐のような部隊があるのだろう。

男は所帯を持てば、そうした神々の意向を恐れて、これまでのような商いをしなくなるのではないかと、そう危惧しているらしい。

「なんです、奥方を迎えるご予定でもあったのですか」

源二郎に答えは出せない。己と千花子はお役目ゆえの関係で、世の夫婦とも違う。それを知っている天狐が、助け船というわけではないだろうが、ころころと、何か面白がるように会話に参加した。

「いいえ。先月外から戻ったばかりで、まだまだそんなつもりは」

「外国に行っていたのか。どちらへ？」

「パリです。あちらでは日本のものが人気でしてね。浮世絵のような、運ぶのに容易《たやす》いものも喜ばれる」

こちらでは包み紙にされているようなものが、芸術品として扱われる。源二郎にはわからない話だ。

店員はパリというところの話をしてくれた。建物は見上げるほど高く、道には石が敷かれているという。

「四年ほど、あちらで勉強をしていました」

「四年間。それは長いな。何度かこちらには戻られたのか」

「いいえ。手紙は出しましたが、あちらではやることが多く、一度戻れば次にパリに行けるのはいつかわかりませんから」

店員には家族がいなかったという。祖父が戊辰《ぼしん》戦争で死に、残った幼い父は帝都へ来たが仕事がなく貧しい家だった。店員が生まれた時も貧しく、なんとか商家の丁稚《でっち》奉公にありつけたが、初めての藪入《やぶい》りに長屋へ帰ったら、家族は家賃が払えず夜逃げしていたという。

「よくある話です。それにしても、お連れさんは聞き上手ですね。こんなつまらない話をついつい、してしまいました。赦《ゆる》してくださいね」

店員は苦労を全く感じさせない顔で丁寧に接してくる。客商売に就くものとして、模範的な態度だ。

「それで、奥方の予定は？」

これで話はしまいかと思ったのに、天狐が蒸し返す。

どうしても聞きたいのか。源二郎は込み入った話をこれ以上聞くのはどうかと遠慮するが、天狐はじぃっと、話し出すのを待つ構え。店員が苦笑した。

「外に行く前に、奉公先の店のお嬢さんとそういった話が出ましたよ」

店員はその商家でしっかりと働いた。真面目に、誰よりも勤勉に働いて、若くして番頭になった。そんなある日、幼い頃から互いに知っているお嬢さんが、彼と一緒になりたいと強請《ねだ》った。

店には跡取り息子がいるが、出来はあまり良くない。だから彼を婿にして、跡取り息子はのんびり暮らせるようにすればいいいと、そういう計算が旦那様にあったように思えた。

「ですが、お嬢さんを材木問屋の……大店《おおだな》の若旦那が見初めましてね。それで、その話はおしまいです。私は縁談を壊しかねないからと暇《いとま》を出され、その時頂いたお金で外へ行きました」

よくある話です。と、また店員は言った。当時は何か思うところもあったのだろうが、今はないと言う。

「ではその娘は、今は大店《おおだな》の奥方になられたのか。さぞ優雅に暮らしているのでしょうね。お子も何匹か生まれたのでしょう」

「……」

子どもを犬猫の子のように数える天狐に、源二郎は注意するよう目配せした。店員は天狐のこのような物言いに慣れているのか、咎《とが》めない。苦笑するように笑って、目を伏せた。

「三年前、女の子が一人生まれたと聞きました。半年前にも一人。聞かないようにしていても、輸入品、贈り物として好まれる品を扱うここでは、どうしても耳に入ってくるものです」

源二郎は、先ほどなぜ店員が「結婚は仕事の邪魔にならないか」と聞いたのかわかった気がした。邪魔になるから結婚しないでいるのだと、そう思いたいのではないか。

それから少し雑談をして、源二郎と天狐は店を出た。千花子への土産として、先ほどの瓶詰めのジャムを買う。三種類の味で、瓶の側面に貼り付けられた紙には、「林檎《りんご》」「苺」「葡萄《ぶどう》」と書かれていた。

「さて、婿殿。それでは赤ん坊を返しに行きましょうか」

千花子はパンを「麩《ふ》のようです」と言って好まない様子だったが、ジャムをつけて食べたらどうだろうか。帰りにパンを買っていこうと、そう店の目星をつけていた源二郎に、天狐が声をかける。

「なんです？　忘れていたのですか。預かったでしょう、遊女から、赤ん坊を。あれは材木問屋のところの次女ですよ」

今の話でわかったでしょう、と当たり前のような顔をされ、源二郎はこの天狐のことが嫌いだと感じた。

「大吉が出たでしょう。そして店に入った。赤ん坊の話が出たのはあの男からだけ。つまり、遊女から預かった赤ん坊は材木問屋の子です」

そういうわけだからはっきりしている、と言う天狐の説明を聞いても、源二郎には理解できない。いや、なんとなく、あやかしの道理を考えて、歩み寄ろうとすればぼうっすらとわかることもある。

つまりは天狐は浅草寺の本尊、観音菩薩に伺いを立てていたということか。その答え、導きを得てあの店に行き話を聞いたとのことで、これは何も不思議ではないと言うつもりなのか。

二人はあやかしの道を通って隊舎へ戻る。執務室の隣にある応接間にはソファがあり、そこに千花子が座っていた。隣には赤ん坊を任せた女性隊員がいて、二人で赤ん坊をあやしているようだ。

「旦那さま、お帰りなさいませ。お兄さまに何か意地悪をされませんでしたか」

「金の姫、私がそのようなことをするわけがないでしょう。婿殿とは酒を酌み交わし歓談しました。人の男同士というものはそうして親しくなるのですよ」

源二郎に気づいて立ち上がり、駆け寄った千花子を天狐が引き寄せる。長身の天狐の腕に、あやかし姫はすっぽりと収まった。

「大丈夫かい、源二郎？」

「神田か。おれはあいつが嫌いだとわかった」

「珍しい！　きみって人を嫌うのかい」

「おまえのことを嫌いだと何度も言っていると思うが」

「それはほら、あれはそことなくきみからの友情を感じるし」

いつもの調子で神田がおどけた。源二郎は溜息をついて、赤ん坊の母親がわかったと告げる。

「材木問屋の子かい？」

「知っていたのか」

「いや、きみたちがいないうちに、末姫が近くの神社の神様たちに連絡してくれてね。赤ん坊はお宮参りに行くだろう？　それで、この赤ん坊が来た神社を探してみたんだ」

そうしたら、神田明神《かんだみょうじん》の神使が来て、材木問屋の次女だろうと答えた。ならばもうあとは親元に返すのみ。一日で解決して良かったと、源二郎は安堵する。

己は何もしておらず、解決は全てあやかしたちの技であったが、子どもがすぐに親元へ戻れるのは良いことだ。手柄を立てたかったと思う心がないわけではないが、喜ぶべきことだと源二郎は納得する。

「……あ、ら？」

が、そこで千花子の不思議そうな声がした。

「どうかしましたか、千花子殿」

「旦那さま……あの、赤ちゃんが、いませんの」

「なに？」

と、千花子の言葉で皆があたりを捜す。先ほどまでソファにいたはずの赤ん坊。しかし、確かに確かに、いない。女隊員も慌ててソファの下や、もしや這って部屋を出ていったのかと廊下を見る。

「ちょいとごめんよぅ。あぁ、軍人さん。どういうことだい？　おいら、軍人さんを男と見込んで頼んだのに、こりゃあんまりな仕打ちじゃあないかよぅ」

赤ん坊がいないと千花子が狼狽《うろた》えるものだから、天狐まで床に這いつくばってあちこち捜していた。それでも見つからないと途方に暮れているところへ、例の猫又らっくがひょっこり顔を出す。

今は猫又に構っている暇はない。赤ん坊が消えたのだ、と言うより先に、らっくが続ける。

「赤ん坊を、また門松姐《ねえ》さんの寝所に放り込むなんて。全くどうして、ひどい仕打ちじゃあないか」

ひょいっと、猫又が窓の外に伸びていた尻尾を部屋の中に入れれば、そこには篭《かご》に入った赤ん坊が、すやすやと寝ていた。

全員が驚き固まる中、まず天狐が子どもを宙吊りにした。慌てて千花子が止めようとすると、袖の中の火狐が飛び出して、あやかし姫を押さえる。天狐の美しい顔は怒りに染まり、いかに親しいあやかし姫であろうと巻き添えを食うだろうとその判断であった。

「この私をこけにするとは、何者か知らぬが楽に死ねると思うなよ」

天狐、あやかし姫、それに帝都軍人が居合わせたその場から、赤子がするりと消えた。

そしてたいした時間もかからず、吉原の例の遊女の寝所に再び赤子は現れたという。

天狐には己が最上の存在であるという自負があった、道理があった。それであるのに、その己の目を欺《あざむ》き、まるで関知させずに赤ん坊を遠く離れた吉原に運んだ存在、あるいは術があると、それは激高するに足る出来事だった。

赤ん坊は突然の乱暴に泣き出した。喚《わめ》いて、泣き叫んで、手足をばたばたとさせる。

「天狐殿！」

それがたまらず、源二郎は腕を伸ばし、天狐から赤ん坊を奪った。ぎろり、と燃える目が源二郎を睨みつける。

「下がれ人間！」

「私は帝都軍人、私はこの国に生きるものを守ると決めています。ましてこのように小さな赤ん坊が泣いているのに、黙って見ているなどあり得ません」

「それが真に人の子か、私が見定めてやると言うのだ」

「お兄さま、その赤ん坊は人の子です。わたし、ちゃんと確認しました。それに、宮参りを受けた神様だって、その子を人の子だとお認めになられているはずです」

天狐が源二郎を害すると察したか、あやかし姫が声を張る。二人で赤ん坊を守る姿に、天狐の怒りがわずかにそがれた。自尊心を傷つけられた、泥を塗られたという屈辱について騒ぐことの無意味さをすとん、と自身に落とし込む。

「……どうやら、この赤ん坊はただ親元に返して終わり！　ってわけにはいかないみたいだねぇ」

それでもやや張り詰めた空気に、神田がのんびりとした声を上げた。それで空気が和らぐ。そういうところを神田という男は考えて行っている。

あやかし姫はぎゅっと、自分の腕の中に赤ん坊を抱きしめ、長いふさふさとした尻尾を添える。泣いていた赤ん坊は柔らかな金の毛の尾を面白そうに触り、泣き顔がすぐに笑顔になった。

「わたし、ちょっと気になっていたことがありますの。この子の着物、妙なんです」

「妙、とは？」

「人の子の着物には、名前や住所が縫いつけられてあるって、勉強しましたのよ。迷子になったり、何かがあった時に、ちゃんと子どもが戻ってこられるように、誰かに戻してもらえるようにって」

だがこの赤ん坊の着物、特にそれらしいものは何も縫われていない。この赤ん坊が材木問屋の次女であるのなら、それなりに上等な着物のはずだが、確かめてみれば使い古しの産着だった。

「赤ん坊がまさか傍を離れるとは思わずに、縫いつけていないだけでは？　赤子は親元を離れぬものでしょう」

天狐がそう答えるが、あやかし姫は納得しない顔である。

「わたし、周りの神社や狐たちに、赤ん坊がいなくなって困っている女性が来なかったかって聞きました。でも、だぁれも来なかったって。人は自分の赤ん坊が消えてしまったら、必死に捜すものだとばかり思い込んでいましたの」

「確かに、あちこち出歩けない大店《おおだな》のご内儀であれば、近くの稲荷神社や縁《ゆかり》の神社に願いに行く」

あやかし姫の話を、源二郎が引き取った。

確かに、そうだ。あやかしがこの国で身近な存在になってから、神頼みというものがずっと強く、信じられるようにもなった。八百万《やおよろず》の神々に必死に伏して頼めば、願いが届く。それであるから、赤ん坊が消えた、いなくなった、というのであれば、必死に捜し、そして神に願うのは至極まっとうな母の行動だ。

だが、その様子がない。その痕跡がない。だから、妙だと千花子は言う。

その先を源二郎は考えついた。嫌な想像だ。

「件《くだん》の材木問屋に、話を聞きに行こう」

§

さて、件《くだん》の材木問屋。神田の生家は爵位持ちの貴族であるので、その名でもって面会を取りつけた。

軍人だろうが客になる、とそういう目をした主人は、輸入屋の店主より一回りも年上に見える。当時の若旦那に見初められた、という話であったから、同年代だとばかり思っていたけれど、思えば主人が隠居しない限り子どもはいつまでも「若旦那」である。

その中年男性は、たいそう肥えていた。

「実は妙な噂がありましてね」

主人は愛想良く源二郎と神田を迎え入れ、茶菓子や茶を振る舞う。どう切り出したものかと源二郎が考えあぐねていると、にこやかな笑みをたたえた神田が口を開いた。

「はぁ、噂、でございますか?」

「ええ。昨今、あやかしが世にあふれ、人の世とかくり世が混ざり合って久しいもの。

それで、いろんな道理が堂々と、自分だけが理《ことわり》だという顔をしております」

「と、仰《おっしゃ》いますと」

「江戸の名が帝都と改められて久しいですが、昔はよく火事と喧嘩は江戸の華、などと言ったものらしいですね」

　さてこの名家の子息は何が言いたいのかと、主人はじぃっと聞き入るが、神田の言葉はいまいち、源二郎にも理解できない。それでも何か答えねばならないと感じたか、主人はさしさわりのない言葉を返す。

「えぇ。お江戸は火災が多く、火消したちの活動がとても華々しかったそうですね。昨今は消防組という名に変わって、昔ほど活動的ではありませんが」

　そこで神田がにこり、と微笑んだ。

「八百万《やおよろず》の神々により、火災というものがなくなりましたからね。かつて、一生のうち二度、三度と家を失うことは、江戸に住むものなら当たり前だ、という考えがあったようですから、帝都の人間は幸福でしょうね」

「えぇ、全くでございますな」

　なるほど、これは世間話かと源二郎は合点が行く。こうして打ち解けて、本題に入ろうというのか。それならば、ここへ来ることを決めた自分から切り込むべきだと源二郎は心得た。

「実は我々のもとで保護されている幼児がおりまして、こちらのご息女ではないかと確認に参った次第です」

切り出して、源二郎は妙な違和感を覚えた。材木問屋の主人、これまでにこにこと穏やかな表情をして、神田との会話になんの緊張感もなかった、はずであるのに……話題が切り替わった瞬間、わずかに、ほっとしたような。

その違和感を確かめる間もなく、主人は再び人好きのする穏やかな笑みを浮かべ、しかしハテ、と首を傾ける。

「何か誤解をなさっているのでは？　うちの子はまだ一人で出歩けるような歳ではありませんし、いなくなった、などという話は聞いていません。いったいなぜその子どもがうちの子だ、なんて思いついたのでしょう」

「ご息女は今どちらに？」

「妻と離れで過ごしているはずです。お会いになりますか」

源二郎は頷いた。主人は使用人を呼ぶと、軍人二人を離れに案内するようにと申しつける。自分は商いがあるからこれで失礼します、と丁寧に頭を下げて出ていった。

「間違いだと思う？」

「……おまえはどうなんだ、神田」

使用人、まだ幼い丁稚《でっち》奉公の少年は離れの一室に二人を案内した。そして、ご内儀さんを呼んでまいります、と障子を閉める。

肩を並べて座った神田は、さて、どうしたものかと何か楽しんでいるような顔でそう問うてきた。

「どうって？」

「なぜ火消しの話などした？」

よくよく考えてみれば、神田の会話は妙だった。噂がある、と言い出してきてのその話。脈絡がないようにも思える。世間話、と言うには、そういえば何か、探るような気配があった。

「ねぇ、源二郎。材木問屋はなぜあると思う？」

「材木が、家を建てるために必要だからだろう」

「昨今この帝都はね、霧の関係でよそから人はほとんど入ってこない。学生の出入りはあるけれどね。そうなると新たに家が建てられる、っていうことはあまりない。ひと昔前の江戸は火事が多くて、そりゃあ大工連中がいつもひっきりなしにあちこちに登っていたようだけど、帝都じゃ火事は起こらない」

とんとん、と、神田は自分たちの前に小さな石を置く。資料で見た覚えがある。さえずり石というもので、こちらの会話を他人には「よく聞き取れないが、何かおしゃべりをしている」としか認識できないようにするもの。あやかしの一種らしいが、意思はないらしい。

「だから、材木問屋っていうのは、昔ほど儲からないんだ。鉄道ができて、あちこちに材木を運べるようになって、まぁ、それなりに発展したところもあるけれど、この店はそのひと握りの成功者じゃない。だけれど、落ちぶれているようにも見えないよね」

「……神田、もしや、この赤ん坊の問題はおまえが仕掛けているのか？」

この材木問屋になんぞあり、その捜査の足掛かりとして赤ん坊をわざと攫《さら》ってきたのかと、そう疑う。前回の、学生の件もある。うろんな目で見ると、神田が慌てた。

「違うよ！　ぼくだって、乳飲み子をどうこうしようなんて、さすがにしない！　いや、きみが関わる問題で、そんな非道なことをするもんか！　だって、きみ、怒るだろう⁉」

「怒るというか、軽蔑するな」

だからやってない！　と、神田は全力で否定する。まぁ、信じていいだろうと源二郎は頷いた。

「で、きみは？　あの赤ん坊がこの家の子だ、っていうのは天狐殿の見立てなんだろう？　間違いだとは思わないのかい？」

「おれにはわからぬ方法で、ここだと見立てたんだ。おれにはそれを否定する方法がわからん。わからんなら、信じて動くべきだろう」

「きみは本当に真面目な男だなぁ。でも、親友のぼくは疑って、恋敵は信じるっていうのは、どうなんだろう」

確かに、おみくじで探し当てたというのは、まぁ、思うところがないわけではない。だがあの天狐はそうだと信じて行動していた。

天狐を信じないということは、おみくじの元、浅草寺の観音菩薩に誤りあり、ということになる。あやかしや神仏の存在がはっきりしている昨今、それを疑うというのは太陽が空にあることを疑うようなものだ。

そうこう話していると、障子の向こうから細い声が聞こえた。

◆　◆　◆

材木問屋の内儀、さゆりは、日本橋の大通りに店を構えたそれなりの家の娘に生まれた。

兄はうだつがあがらず、ぼんやりしていて蒟蒻《こんにゃく》よりも頼りない。父母はやさしく、店のものもさゆりにとっては家族同然。大店《おおだな》だが、使用人たちは下の丁稚《でっち》まできちんと飯を食べられるように配慮されている。さゆりは自分の店が好きだった。

だから、情けない兄に代わって、自分が婿をもらい子どもを産んで、たとえ兄が跡を継いだって、とっとと隠居させて自分の子どもを主人にするつもりだった。自分は女だから表には立てない。けれど息子なら自分の言うことを聞くだろうし、婿も同じだ。

さゆりは自分が跡を継ぐことはできないまでも、自分がこの店を守るべきで、守れるのだと信じて疑わなかった。婿にふさわしいのは誰だろうか、と、十に満たない頃から、使用人たちを見てきた。やれあの丁稚《でっち》は意地が悪い。あの番頭は時々計算を間違える。全く、皆のことは嫌いではないが、店の婿にしてやれるほど、自分のおめがねに適《かな》う男というのは中々いなかった。

「お嬢さん、こいつは宗助《そうすけ》と言いましてね。中々よく気がつきます」

そう、番頭の一人が紹介してきたのが宗助だった。

前からいたのは知っている。けれど身寄りも学もない卑《いや》しい少年。店に置いてやるのはいいけれど、さゆりにとっては犬猫と変わらなかった。犬や猫は可愛い。家族のように大切だ。けれど、犬や猫を婿にはしないし、自分と同じ人間だとはとうてい思えない。とにかく顔が良かった。やさしそうな顔だし、整っていた。いつも清潔にしていて、こざっぱりとした身なりだと思った。

そういう風にしておけば、印象が良くなると知っているのだ。宗助は頭の回転も悪くなかった。だから、番頭の一人が気に入って、夜中に文字や算術を教えていた。教えればすぐに呑み込んでしまうので、大人たちが面白がって、あれこれ宗助に教え込むようになった。

やさしい顔だっただけの少年が、段々と大人の、男の顔つきになっていく。商いのことを学び、人と話し、背丈が伸びてきた宗助は、微笑むだけで女中たちや外の娘の頰を赤くさせることができるようになっていった。

さゆりは、他の娘たちが夢中になって目で追う宗助が、自分の使用人であることに、それなりに良い心持ちがした。どんなに忙しくても、宗助はさゆりが呼べば来る。お茶を入れて、お菓子が食べたい、そんな些細な頼みも喜んで引き受けた。

宗助を後ろに連れて町を歩くと、同じ年頃の娘たちから嫉妬や羨望の混じった目で見られるのも気分が良い。

（いろいろ考えてみたら、宗助を婿にしてしまった方がいいかもしれない）

他の使用人たちからも好かれているし、店のこともよくわかっている。実家がない、ということが気になりはしたが、余計な姑や親類ができないのは良いことのようにも思える。

さゆりはこうと決めると我慢ができない。すぐに母に、自分は宗助を気に入った、と話した。娘ほど感情的でない奥向きの母は、それとなく、夫に話をする。

すると父の方も父の方で考えがあったらしい。娘も良い年頃。よそへ嫁がせるには不安があるし、有能な使用人を婿にして二人で店を切り盛りさせたい。

話はすぐにまとまった。

友人たちは皆さゆりを羨ましがった。家にいられて、これまでどおり、娘時代と変わらぬ生活ができる。婿はさゆりに逆らわないだろうし、町の娘の噂になるほど素敵な男。大店《おおだな》の娘は望みどおりの幸せを手に入れられるのだと、周囲に言われ、さゆりは有頂天になった。

「あら。でも結局家を継ぐのはお兄さんでしょう?　さゆりさんは番頭の妻になるだけ。大店《おおだな》の奥様じゃあないじゃない」

悔し紛れではあろう。あまりにさゆりが自慢するもので、堪《こら》えきれなくなった友人の一人がぽつり、と言った。すぐに周囲に注意され、彼女は謝罪の言葉を告げてさゆりを祝福してくれたけれど、けれど、そこからさゆりは、何か胸に引っかかるものができてしまった。

（そうね。そうだわ。結局、家を継ぐのは兄さん。それに、兄さんがお嫁さんをもらったら？　女遊びばかりして、きちんとした女の人には嫌がられてる兄さんだけど、もしお父さんが兄さんを結婚させるって決めたら……）

父はさゆりとその夫に店を切り盛りさせる気ではある。だから、兄はただのお飾りだ。結婚させて妙な親戚にでかい面はさせたくないとの方針もあり、今のところ兄を結婚させる気はない。

だがもし、兄が結婚したら？

（そうしたら、私はただの使用人の妻だわ。実家にいながら、使用人に成り下がる）

落ち着いて考えれば、そんなわけがない。そんなわけはないはずだが、しかし、結局のところ、使用人など犬猫と同じと考えているさゆりには、自分が「成り下がる」と、その考えが真実のように思えて仕方なかった。

使用人の妻。その肩書きはさゆりを怯えさせた。みじめな暮らしになると信じて疑わなくなった。

そんな時、芝居を観ていたさゆりを、同じく芝居を観に来ていた材木問屋の跡取り息子が見初めた。一回り年上で、顔は男前とは程遠い。女に好かれるような顔や体つきではなかったが、その跡取り息子はさゆりに山のように贈り物をした。

珍しい反物に、かんざし、白粉《おしろい》に、貴重な紅。年頃の娘が喜びそうな品ならなんでも、降るように贈ってくれた。そして、どうかさゆりさんを頂きたいと、父に丁寧に挨拶に来た時には、店の品をたっぷりと買って帰った。

（そうね、そうだわ。宗助は所詮は使用人だもの。自分の自由になるお金なんてない）

それに、結婚したら自分は大店《おおだな》の材木問屋の奥方。ただ座っているだけでいいという。さゆりは子どもの頃は自分が店をまわしていくのだと、そうただ無謀に考えていた。けれど、いざ自分がそれなりの年齢になってみると、店をまわすのには才覚がいる。花や踊りのお稽古とは違う。ちっとも楽しくない。

だから、自分の代わりにあれこれやる宗助を婿にしようと思ったのもあるが、しかし、材木問屋の奥方。

ただ座って、好きなことを好きなだけしていい。よくよく考えれば店を守るのなんて男の仕事だし、面倒くさい。自分はぜひと求められ、惚れ込まれた男のところに行って、誰からも羨ましがられる生活を送れるのだ。

何を迷うことがあるのか、いや、迷うことすら、していない。

さゆりは材木問屋に嫁入りした。宗助のことは知らない。父がなんとかしただろう。

結婚してしばらくは、それはもう大切にされた。甘やかされ、なんでも与えられた。

だけれど、最初に生まれた子どもが女の子だった。だから、舅姑《きゅうこ》にがっかりされた。

夫は、さゆりはまだ若いのだから、子どもはまたすぐに生まれると言ったけれど、さゆりはそれから中々妊娠しなかった。

元々、夫の容姿が好きではない。材木問屋の主人になった夫。それでも、立派な着物を脱げばただの、太った醜い男だ。子どもを作るために押し潰されるたび、吐きそうになった。

息子さえ、男の子さえ産めば。

そうしたら、さゆりは「跡継ぎを産んだ立派な奥様」になれる。

娘時代の友人たちは皆、どこぞの家にお嫁に行って幸せに暮らしていると、時々手紙が来るけれど、女子を出産して以来何年も懐妊していないさゆりは、友人たちが自分を馬鹿にしていると思った。

子どもが生まれず、姑につらく当たられるようになった。娘がいるのだから、娘に家を継がせればいいじゃないかと反論したこともある。すると姑は嫌な顔をした。

泣くさゆりを夫は慰めてはくれない。いつからか外に女を作るようになった。その女が子どもを、男子を産んだら自分はもっとみじめになる。

だが生まれなかった。誰も、何人もいる夫の外の女は誰も、子どもを産まない。材木問屋の跡取りはさゆりの娘だけ。

いや、おかしい。これは、おかしいと、誰も口にしないが、ひそかに、誰もが気づいた。女の腹に問題はない。ならば種だ。種がないのではないか。

さゆりと材木問屋の主人の間の、ただ一人の娘。父親に似ず、愛らしい。醜い夫に似ず、自分の美しさを継いだのだとさゆりはほっとしていた。だが、おかしい。あまりに父親に似ていない。肌を許したのは夫だけ。それは間違いなかった。だが、それはさゆりしか知らぬし、言っても誰が信じよう。

ある時、さゆりは宗助が浅草で店を開いたと聞いた。かつて親しかった女友達が、自分の子どもの祝いの品をそこで買い求めて、そして相変わらず良い男だったと、そう笑って話していた。

材木問屋から外に出るのは、芝居や物見遊山《ものみゆさん》に行く時くらい。大店《おおだな》の妻というのはそういうものだ。だが宗助に会いたくなった。急に、心にわく。もし自分が宗助を婿に迎えていたら、こんなみじめな暮らしにはならなかったに違いない。

「また女か」

胎《はら》が膨れた。そして子が生まれた。けれどまた娘。舅《しゅうと》と姑の落胆はすさまじく、夫は会いにも来なかった。

男の子。そう、男の子さえ生まれれば良かったのだ。そうしたら、息子は自分を大切にしてくれる。息子が店の主人になったら、自分は息子に大事にされる大奥様。宗助を婿にしても、この家に嫁いでも、自分が息子さえ産んでいれば、幸せになれたのだ。

◆　◆　◆

初見の印象は、随分《ずいぶん》と顔つきの厳しい女性だ、ということだった。

静かな声、指先までしっかりと礼儀作法がしつけられた、確かな家の娘だったとわかる女性。材木問屋のご内儀は、どんよりとした暗い表情で、しかし何かを常に憎んでいるようなギラギラとした光をたたえた目をこちらに向け、丁寧な挨拶を口にした。

夫から何か聞いている様子はない。ただ、丁稚《でっち》奉公の少年に来客を伝えられたから応じたらしい。

源二郎と神田はそれぞれ名乗った。

「我々はあやかしについて調査しておりまして。こちらではそういった噂は何かありませんか？」

「あやかし、ですか。いいえ。私は家から出ませんし、使用人たちの噂話も、私のところまでは届きません」

神田が切り出すと、ご内儀は虚《うつ》ろな目のまま答える。世間への関心がない、という様子。

「……こちらには二人、お子さんがいらっしゃるようですね」

「……それが何か？」

源二郎は、吉原で保護した赤ん坊の母親は彼女だと直感した。顔つきがどこか似ている。父親である材木問屋の主人には似ていなかったが、あの赤ん坊のふっくらとした顔、目つきや眉が似ているように感じる。

であれば、この女親は今、我が子が行方不明。母親というのはそういう時、取り乱したり、不安がったり、動揺していたりするもののはずだ。だがそれがない。

「お子さんは今どちらに？」

「離れで寝ています。子どもというのは寝るのが仕事ですから」

材木問屋の主人が、己の妻にしっかりと説明してくれていればこのやりとりは不要だった。赤ん坊をこちらが保護していると、そう切り出すべきか。

ご内儀はじぃっと、源二郎を見つめる。口を開かず、ただ見ている。妙な迫力があった。

「子どもの世話がありますから、私はこれで失礼いたします」

源二郎が何も言わずにいると、ご内儀はすっと、立ち上がった。そして神田が何か言う前に障子を開けて出ていく。その後ろ姿、何かを憎んでいるような、何もかもを恨んでいるような、そんなじれったさがあった。

§

「で？　何かわかったかい」

赤狐隊の舎へ戻る馬車の中、神田が源二郎に問いかける。材木問屋の主人に会いに行くべきだ、とそう判断したのは源二郎。それを神田は止めなかった。

さてこの行動に意味があったのか、そう聞かれて、じぃっと黙ったまま馬車に乗った源二郎は短く頷いた。

「あやかしには悪意がないのだったな？」

「そうだね。悪気がなくても、他人にとっては迷惑だってこともあるけれどね」

ふむ、ともう一度、源二郎は考えるように黙る。

トン、トン、と額を指で叩いた。神田の懐中時計の秒針が二周するほどの時間が経ってから、源二郎は再び口を開いた。

「吉原の遊女のもとに、赤ん坊を投げ込んだのはあやかしである、と仮定するとする」

「うん」

「遊女は赤ん坊の親を見つけ出してほしいと願った。それが赤ん坊にとっては良いことだろうと、そう考えたのは人間である遊女だ」

「そうだね」

「その頼みを受けて、おれたちは赤ん坊の親元が材木問屋の夫婦ではないか、とたどり着いた。そこまでは間違っていないと思う」

カタカタと、馬車が揺れる。源二郎は一度目を閉じて、今回関わったものたちの顔をじっくりと思い出した。そしてやおら、懐《ふところ》から小瓶を取り出す。小さなガラス瓶。例の輸入店で箱入りのジャムを買った際に、おまけだとつけてもらったもの。

「おまえはこれをどう思う」

「どうって、綺麗だね。高そうだし、小さいから可愛い。中に入っているのはなんだい？」

「ジャムだそうだ」

「へぇ。面白いことを考えるものだね。そうしていると、何か宝石か、大層なものみたいに見える」

「そうだ。おれたち人間は、ものの価値をいくらでも変える。名をつけて区別したり、周りを飾ったりと、そういう風にすることが多い。だが、これは所詮、中身はジャムで、このガラス瓶はジャムの入れ物でしかない」

それが人間とあやかしの違いであろうと思う。

たとえば赤ん坊。源二郎は、赤ん坊が一度消えて、また現れた時に気づいたことがある。

赤ん坊の親元を捜してほしい、というのは遊女の、人間の、赤ん坊を預けられた人間の判断と価値観でのことだ。とにかく、そうして頼まれた源二郎たちは調査を始めた。だが親元が判明した途端、赤ん坊は一度「回収」された。それは「そうじゃない」ということだ。そうは望んでいない。それは理想と異なった、この騒動の主であるあやかしからしたら間違った結末なのだろう。だから一度「回収」された。

それで、源二郎はあやかしが望まぬ親元へ赤ん坊を返すこと、とはどういう結果になるのかを見に行った。あの女親、そして母子がどう過ごしているのかも把握していなかった主人。見てきた限り、あの親元には子どもへの関心が見られない。

ただ一度会って話しただけの源二郎がそう判じられるのだ。それならば、ことを起こした主はもっとたくさんの要素を見たのだろう。

となると、あと己が話を聞くべきなのは一人だろう。

「神田、吉原へ向かわせてくれ」

源二郎が頼むと、「し、新婚を吉原にかぁ」と、一度ふざけながらも、神田は頷いて、御者に進路変更を告げた。

◆　◆　◆

吉原遊女の門松は、稼ぎの良い部屋持ちである。世話をする禿《かむろ》は四人。振袖新造《しんぞう》を一人抱え、姐《あね》らしく彼女らを食わせ、着飾らせ、遊女として育て上げねばならぬ。華やかではあるが所詮は苦界と呼ばれる世界だ。それでも、門松は吉原大門の内の女も外の素人女も大差ないような心持ちがしていた。

外の女は嫁ぐ。そこで舅姑《きゅうこ》親戚一同の世話をする。子を産んで、それが女なら自分のように嫁に行って男に仕えるように送り出す。文明開化の大筒が高鳴ろうが、あやかし神仏がひっきりなしに現れようが、女が男に仕えるという世の仕組みというものは、何一つ変わらない。

「あぁ、雨か。嫌になる」

と、そんな、埒《らち》もない思考に沈む門松は、この憂鬱な気持ちを天気のせいだと落とし込んだ。雨の日は客足が遠のく。一人きりの部屋の中では吉原の郭《くるわ》言葉を使う気にもなれない。いや、部屋住み遊女、常であれば誰もいない部屋だろうが隙など見せず「ありんす」言葉を怠《なま》けはしない。だがどうにもこうにも、気がめいって仕方ない。

「わぁああ、あぁ、雨だねぇ。姐《ねえ》さん、ちょぃと失礼するよ」

「らっく」

ぶるぶると、身を震わせて三毛猫が部屋に入り込んだ。屋根やら塀《へい》を伝ってここまでやってきたらしい。猫又と言うが、門松は恐ろしいと思ったことはない。ただ尻尾が二つに割れた、よくしゃべる愛想の良い猫だった。

「あの赤ん坊は大丈夫でありんしょうか」

「帝都の軍人さん方なら、そりゃあ万事うまくやってくれるだろうとは、まぁ、思いますけどねぇ」

門松は火鉢をそっと、らっくの方へ押しやる。座布団だが上等な布でできているそれを汚すのは忍びないと、部屋の隅から離れない猫又は、呼ばないとこちらへ来ない。

手を伸ばしてやると、嬉しそうに喉《のど》を鳴らして、らっくは門松の傍へ来た。湿った毛を手拭いで拭いてやり、毛をとかす。

腹を空《す》かせているだろうと思って、大福を火鉢で焼いた。餅は食べられないが、餡《あん》は好きだという。

「ねぇ、姐《ねえ》さん。姐《ねえ》さんはもうじき年季も明ける。どうでしょうかね。あの赤ん坊、親が見つからなかったら、どうでしょうかね。姐《ねえ》さんが引き取って、育ててやれば、いいんじゃないでしょうかね」

身受けの話を、門松はいくつも断り続けてきた。とある大店《おおだな》の若旦那。おかみさんを亡くした旦那の後妻。小さな店を持たせてやるからと外の女になることを勧めてきた男。それらを断って、門松はまだ吉原にいる。

稼ぎ頭の一人であるから、身受けの大金と、今後稼ぐ金とをはかりにかけて、見世の主人とおかみは門松のその選択を許し続けているが、年季が明けて手放すよりはと、身受けの金を欲するようになるだろう。

門松は、さて、自分は何をしているのだろうかと思い返す。

客の一人に、変わりものがいた。寝るには寝るのだが、話をしたがる。いや、吉原の客の多くは褥《しとね》を共にするだけではなく会話やその他のことを楽しむ、それが吉原遊びというものだが、その客は、そういうものともまた違う。

妙に、奇妙に、門松に話をするのだ。説教だとか、男にありがちな自身の話をするのではない。算術を教えてくる。吉原の遊女として売られる娘の値段、遊女一人にかかる月の金、食事代。あれこれ、話す。

男の話を聞く。聞くと、妙なことが、これまで考えなかったような妙なことが頭の中にチラリ、と浮かぶようになる。己の借金がいくらあって、さて、毎月いくら返しているのか。己がここで生きるのにいくらかかってしまうのか、わかってしまう。

吉原の女とはなんだろうか。門松は考える。普通の女なら、生まれて生きて、娘になって、母になる。子を産む。育てる。そういう、客の男が言うところの「人生の目標」というものがあるらしかった。道、とも言っていたか。

普通、人には道があって、そこを歩いていく。

普通の女は家に入り、子を産み育てる。そして子がまた嫁ぎ、あるいは嫁をもらい、と、そういう流れができる。

さて、吉原女はどうだろうか。吉原女の道は、なんなのだろうか。禿《かむろ》になって、高級遊女になる。それは一つの道であろうか。だが、そのあとは？

吉原の女の末路と言えば、病にかかって死ぬか、身受けされてどこぞの愛人、後妻に収まるか。または年季が明けてやり手ババアになるか。道、というのは、あるように思える。

が、さて。己は？　己はどうなのだろう。何がしたいのか。

「ね？　姐《ねえ》さん。きっと、素敵ですよ。子どもを育てたら、ようございますよ」

「馬鹿を言うんじゃない。その話は、最初にきちんとしただろう」

ぴしゃり、と門松は猫又を叱りつけた。郭《くるわ》言葉が抜ける。きゅっと、猫又の二つの尾が尻の下に隠れた。

「子というのは勝手に生まれるんじゃあないんだよ。男と女が睦《むつ》み合って生まれてくる。おろすことだってできるのに、十月十日胎《はら》の中で大事に育てて、そうして産んだ赤ん坊だ。親を必死に捜してやらないでどうする」

「で、でもよぅ。姐《ねえ》さん。怒らないで聞いてほしいんだけどよぅ。もしかしたら、望んで手放したのかもしれねぇよぅ」

「だとしても。後悔しているかもしれないだろう」

門松は首を横に振った。

吉原遊女の布団に赤ん坊が、それも女の子がいたなんて、気の毒なことだと門松は思う。その奇妙さ。きっとなんぞ理由のあることだったと思わずにはいられない。神隠し、なんてものもある。子どもが突然いなくなれば親は慌てるだろう。狼狽《うろた》えて、さぞ嘆くに違いない。もし自分で手放したのだとしても、きっと後悔しているに違いない。

門松はそう思う。そう、自分がそうなのだから、そう思う。

「姐《ねえ》さん」

「らっく、あぁ、ごめんよ。怒鳴りつけて」

申し訳なさそうに顔を伏せる猫又を、門松は抱き上げた。上級遊女の美しい着物に毛がつくからと、らっくは普段は嫌がって身をよじる。けれど今は心細くなったのか、子猫だった頃のようにきゅっと門松の胸にしがみついた。

「あんたもよく知っているだろう。子どもをなかったことにしようとした女はね、後悔するんだ。どうして自分はきちんと産んでやれなかった、どうしてきちんと、迎えてやれなかったかと、自分の生き方を責めたくなる。きっとあの赤ん坊の母親だってそうに違いない。だから、ねぇ、らっく、きっと見つけてやってほしいんだよ」

言って、門松はらっくの喉《のど》を撫でた。ごろごろと気持ち良さそうに鳴いて、目を細めて、猫又はくしゃり、と嬉しそうに笑う。照れたように、自分の前脚で耳を撫でつけて、するり、と門松の腕から下りる。

「ええ、わかりました。ええ、きちんとね。姐《ねえ》さんの言うとおりにしますよ」

わかってくれたか、と門松はほっとした。

あやかしと人の道理は違うと、それを周りは言うけれど、門松にとってらっくはあやかしではなくて、己の可愛い猫だった。人の言葉を話すようになってどれほど嬉しかったことか。喧嘩などしたくない。

「おや？　姐《ねえ》さん、なんだか……焦げくさい」

ふと、らっくがぴん、と後ろ脚だけで立った。

「え？」

くんくん、と猫又が鼻をひくつかせて、そして素早く、門松の着物の裾を咥《くわ》えて引っ張る。

「火のにおいだ！　火事だ！　燃えている！　姐《ねえ》さん！　火事だ！」

まさか、そんな、と門松は目を見開いた。

昔の江戸ならいざ知らず、今の帝都に火事は起きない。そう誰もが知っている。誰もが信じている。ゆえに、らっくの言葉に驚いた。雨だって、降っていたはずだ。

それが、まさか。障子を開ける。外を見る。焦げくさい。

――隣の見世が燃えていた。

◆　◆　◆

吉原というところは、帝都がお江戸と呼ばれていた頃から何度も火災が起きている。

なるほど、夜の営業に明かりは必須、泊まりの客は風呂も使うだろうから、それなら火事が多くなるのも頷ける、というのは何も知らぬ素人の考え。

実際最も多かった出火原因は、吉原遊女の付け火である。心身共に追い詰められた女が「いっそ」と何もかも嫌になっての放火は、珍しくはなかった。

放火は最も重い罪であるけれど、そこまで追い詰められていたのなら情状酌量の余地ありと、放火した遊女は死罪ではなく、島流しに、という沙汰が下されたのも一度や二度ではなかったという。

しかし、文明開化。明治維新後、お江戸が帝都と呼ばれるようになって、霧の立ち込める、あやかしと人、双方の世界となってからは、万に一つも帝都は炎に包まれぬと、そのように約束されたし、誰もがそう信じてずぅっと過ぎている。

その、はずだった。

「……神田！　消防組を！」

吉原に到着し、源二郎は素早く馬車から降りた。吉原に入るための大門からはひっきりなしに人が出てくる。

大火だ。なぜここまで放っておかれたのか。火の回りが早かった、としても、気づくのが、誰もが遅かったような、そんな印象。明治維新前には、火災時に武家を守るための「定火消《じょうびけし》」や、町人のための「いろは四十八組」など一万人以上の人間が火消しとして活躍していた。

しかし「江戸は火事にならない」と決められたため、それらは廃止。わずかな人数の、形ばかりの組織「消防組」が帝都警視庁の管理下としてなんとか生き残った。

これは、明治維新後、初めての火災だった。源二郎は火事というものを見たことがない。昔の江戸の人間は一生のうち何度も焼け出されたと言うが、あやかしと人の双方の世になってから生まれた帝都のものたちは、一度も家を焼かれることなく生きていくことができていた。

それが、この大火。源二郎は神田を馬車に残し、消防組への連絡を頼む。なんのかんのとコネや権限を持つ男だ。この場の町民救助を手伝わせるより、もっと多くを救う力が神田にはあると即座に判じた。その考えは神田湊も榊隆光もよくよく承知している。

今は部下と上司、けれども腐れ縁でもある二人は、互いに頷いて別れた。

吉原の中へ駆け出した源二郎は、状況をよく観察する。帝都吉原の周囲には深い堀と塀《へい》がある。一般民家や吉原の外に火が飛ぶ心配は、火の粉が風に強く飛ばされない限りはそれほどないだろう。夕暮れになれば霧も出る。

ならば問題は吉原だ。見れば、吉原の男衆が声を張り上げて遊女や吉原の人間たちを外に誘導していた。源二郎はそのうちの一人のもとへ走り寄る。

「自分は帝都の軍籍にあるものである！　消防組がまもなく消火に来るだろう！　状況はどうか！」

「軍人さんかい！　あんた！　あぁ、くそったれ！　どうもこうもあるもんか！　帝都は燃えないはずじゃなかったのか！　そうお上が決めただろうになんてこった！　うちの店の女どもはせっかく客に作らせた着物も何もかも持ち出せず裸で逃げるハメになっちまったよ！」

源二郎を怒鳴った男は灰や煤《すす》で汚れた顔を乱暴に拭い、汗と軽い火傷《やけど》を肌に負いながらも、郭《くるわ》暮らしで体の弱い女たちを必死に誘導する。

炎の勢いがいっそう強くなった。消防組はまだ来ない！

火事を経験したことのない源二郎には、どうすればこの火災を鎮火させることができるのか、判断がつかない。火は水をかければ消える。だが大量の水をどこから？

軍人として、敵の火器により燃えていた部分には砂をかける、体の場合は転がる、等の方法はわかる。

だが火事だ。ただ、中の人間たちを避難させ、全て燃えるのを待つしかないのか？

ふと、昔叔父に聞いた話を思い出す。古い家の生まれでありながら自由奔放だった叔父は物知りだった。子どもの源二郎に、いろいろなことを聞かせてくれた。その中に、そうだ、その中に、確か、火消しの話がなかったか。叔父とて実際に見たわけではないが……

浄瑠璃にもなったというその話。火消しの男に女が懸想《けそう》したとかで、確か、高く鳴らしたものがあった！

「吉原の内部に詳しいものはいるか⁉」

思い至って、源二郎は周囲に訊ねる。

「詳しいも何もおれらはここで生まれてここで育ったやつばっかりだよ！　なんだってんだ⁉」

「そうか！　それは頼もしい、吉原の中に——はまだあるか⁉」

かつての記憶をたぐり寄せ、確か吉原にもあるはずだと男衆に問う。

「はぁ？　なんでそんなもん……ありゃ、役人が使うもんだろう」

「あるのか！　ないのか⁉」

「あるよ！　ある！」

大声で問われ、男衆は怒鳴り返した。なんだってこの軍人は今こんな時にそんなものを気にするのかと、吉原で生まれて二十年、あれが使用されているところなど年に数度しか見たことがないと、不思議に思う。

源二郎に吉原の土地勘はないが、この位置から場所が見えるのならたどり着けないこともない。

「おい！　軍人さん！　どこに行くんだよう！」

「避難誘導を頼む！」

男からその場所を聞くや否や、吉原の中へ走り出す源二郎を、男衆が止めようと叫んだ。だが止まらず駆けていく背。

燃えさかる吉原の中へあっという間に入っていく。呆気に取られた男衆らは、だがお偉い帝都の軍人さんがなんぞ自分たちの吉原のために火に飛び込んだということは理解した。

◆　◆　◆

吉原で火事だ！　火災だ！　大炎上だ！

娘夫婦が大慌てで大五郎《だいごろう》のもとへ飛び込んできた時、元大工の頭《かしら》で、今は隠居して娘夫婦と暮らし何かと肩身の狭い思いをしている老人は、それ見たことか！　と立ち上がって障子を開けた。

明治維新。霧の出る帝都。徳川様の時代が終わっただのなんだのとぬかす連中が、賢《さか》しらな顔で「江戸は火災が多かったが、帝都はそのようなことにはならない。帝都は神仏に守られた場所である」などと言ったが、いつだって大五郎はその言葉を信じてやろうなんて思わなかった！

「あぁ、火事だ！　火事！　なぁ、おさよよ！　おれの言ったとおりだろう！　妖怪どもがなんだ！　江戸を守れるのはおれたちよ！　火事が起こらねぇ？　バカ言うな！　それ見たことか！　起きたじゃねぇか！　やっぱりな！　おれたちを勝手に役立たずだと言って、時代遅れだと言って、追いやりやがってざまぁみろ！」

「ちょっとおとっつぁん！　そんなこと言ってる場合!?　こっちにも火が移ったら……」

こういう時の避難の仕方の心得のない娘はひたすら不安がる。

おさよは、自分の父がずぅっと昔、まだ帝都が江戸と呼ばれた頃に火消しの一員であり、それを誇りにしていたことを幼い頃から聞かされてきた。いろは組を解体した政府への恨み言も聞いてきた。

だが、そういうことは今、おさよにはどうでもいい。知識のある父なのだから、こういう時に家族を守る助言をしてくれと、期待しているのはそれだけだ。

大五郎は自分の娘はなんて物知らずに育ったのだろうかと呆れる。

「いいか、おさよ。江戸の町はそりゃあ火事が多かった」

「知ってるよ、おとっつぁん。だから、今はそういうことじゃなくて」

「馬鹿野郎。親の話はちゃんと聞きやがれ。いいか、江戸は、当時のお上はそりゃあ火の怖さを知っていた。だが、火事ってのはどんなに気をつけても起きちまう。いいか、火事は絶対に起きるものなんだ。そう心得て、江戸の町は、火事が起きた時に、被害を広げないつくりになってるのさ」

江戸は火事が多かった。だから、防火対策、防災都市としての町作りが、江戸四百年の間に時間と知識と経験をかけて作られてきた。飛び火しないように道幅を広く取り直し、各所に空《あ》き地をつくり、万が一火災が起きた場合、これ以上範囲が広がらないようにする。

吉原は全焼するだろうが、このあたりは無事だと大五郎はのんびり答えた。

「そう……でも、おとっつぁん。でも、それなら、吉原の中はどうなるの？」

「燃えるだろうな。あの中は政府連中が明治維新後に好き勝手に作り変えちまったと聞く。火除地《ひよけち》も防火堤もなくなっちまってるだろうさ」

「……」

おさよは気の毒そうな目を、燃える吉原の方向へ向けた。自分たちが無事とわかれば、他人へ同情する余裕もわいてくる。聞けば吉原周辺の土手には、焼け出される遊女たちを見ようと野次馬どもが集まっているそうだ。

大五郎は畳の上に再び座り込んだ。帝都に火事はないと決めて、火消しをなくしちまった政府だ。形ばかりの消防組なんてものがあるそうだが、どこまで役に立つのやら。

見に行くか、と思い、大五郎は首を横に振った。自分が火事場に駆けつけるのは、野次馬としてではならない。火消しとしてあの場に立つ以外にあってはならない。だから行くことはない、とそう、息を吐く。

――カァンカンカンカン！

「おぉう⁉」

と、そこで高い鐘の音がした。あたりに広く響き渡って、何度も何度も鳴らされる。

大五郎はカッと目を見開いた。裸足のまま、転げるように表へ出る。

「おい！　大五郎！」

「おう！　平次《へいじ》！」

出てきたのは大五郎だけではない。平屋から出てきた、大五郎と同世代の、今はもう老人となった男たちが驚き、しわだらけの目を見開いて、曲がった腰を目いっぱい伸ばして、耳を澄ませる。

「聞こえたか⁉」

「あぁ、聞こえる！」

「あれは半鐘《はんしょう》だ！」

カンカンカンと、今も鳴らし続けられ、必死必死に、響く音。

「あぁ、懐かしい、懐かしい！」

「あぁそうだ！　あれはそうだ！　あれは半鐘《はんしょう》だ！」

老人たちは声を上げ、それを見た家族らはついに頭がどうにかしたのかと心配になる。

鐘の音。半鐘《はんしょう》。帝都になってからは慶弔の際に使われるのみとなった過去の遺物。それゆえ、火災を知らぬ世代は「この火事で誰かが亡くなった知らせか」くらいにしか思わなかった。

だが火事を知る、老人たちは知っていた。あの音は、あの音は、呼んでいるのだ！　知らせているのだ！

ここで燃えていると！　ここが火事だと！

だからここへ、火消しは来いと呼んでいる！

「おさよ！　おさよよ！　おれの火消し装束を出しな！　あぁ、カカアが死ぬまで手入れをしてくれたおれの火消し装束よ！」

大五郎は娘に叫ぶ。大五郎の妻は大人しい女だった。娘夫婦の厄介になることを嫌がって、繕い物の内職をして家計の足しにしてくれたような、手先が器用でできた女だった。

その妻が「いつ何があるかわかりませんしね。あんたが火事は起きるって言うんなら、きっとこれがいるでしょう」と、虫干しや手入れをしてくれていた火消し装束だ。

見れば、近所の老人らも皆火消し装束を纏《まと》っている。中にはもう立てないものもいて、孫の青年に支えられながらも集まっていた。皆、生き生きとした顔をしているが、しかしここで、大五郎は急に現実に引き戻る。

火事が火消しを呼んでいる。だが、己らはこうしてすっかり老いた。火災現場へ駆けつけて、どうなる。この、昔の興奮そのままに駆けつけて、さてどうなると、急に、老いた面々を見て冷静になる頭があった。

「とっつぁんたちだけに良い格好はさせねぇよ」

「頭《かしら》にゃ随分《ずいぶん》世話になりましたしねぇ」

が、そこへ近所の若い衆、誰かの息子や孫や、誰かの弟子らが集まる。おう！　と誰かが大きく声を上げ、若者が老人を背負って走り出した。

「とっつぁんたちは無理すんなよ！」

「おれらは火事なんて初めてだ！　だが体力にゃあ自信がある！」

「どうすりゃいいか教えてくれよ！」

「年寄りってのは、若者をうまく使うもんだろう！」

口々に言って、走り出す。

大五郎は胸が熱くなった。

「火消しだ！　火消しのお通りだ！」

半鐘《はんしょう》の鳴る方へ、江戸の元いろは四十八組が向かった。

◆　◆　◆

半鐘《はんしょう》を高く鳴らし続けた小坂源二郎が、昔々に聞いた話。江戸には火消しがいたというその話。半鐘《はんしょう》を鳴らしたところでどうなるか、そう疑う心は源二郎にはなかった。

帝都、浅草付近には昔ながらの人間が多く住んでいる。霧に覆われようが、文明開化でひっそりと昔ながらのものが消えていこうが、生き続ける人間の過去というのは変わらない。

あちこちから声が上がる。吉原へ向かってなんぞ大きな声がするのを感じ、ほっとした。そこで気を抜いた、わけではないが足場が崩れる。

「っ」

「まぁ！　もう、なぜいつも無理ばかりなさるのです？」

「千花子殿」

崩れ、燃える吉原に落ちようという源二郎を、青い炎が守った。金の尻尾のあやかし姫、源二郎の妻の千花子である。青い炎は源二郎の体を包み、そっと地面に下ろした。

あやかし姫は手に雪洞《ぼんぼり》を持ち、目を細めて周囲を見渡す。帝都に火災は起きない。そう約束されている。約束したのはこのあやかしの姫の一族だ。妖狐は炎を使い、司り、帝都の全ての炎を無害なものにせねばならなかった。

「……」

「千花子殿」

源二郎が呼ぶと、千花子はびくり、と怯えたように体を強ばらせた。何か叱られるのを覚悟したような顔で源二郎を見上げる。

失態、であるのだ。帝都は燃えない。そう約束した上での町作りがされた。あやかしの一族が「絶対」と保証し、その上で人間たちの世の中に受け入れられた、これは「対価」であった。

それが破棄された。今、吉原は燃えて、焼け尽くされていく。

金の耳をぺたん、とさせてぎゅっと目を閉じる千花子に、源二郎はしゃがみ込んで目線を合わせ、固く握りしめられた手を取る。

「千花子殿、私たちは夫婦です。こういった時に、助け合うために、私はあなたの夫になったのです」

「怒ってらっしゃらないのですか？」

「この火災はあなたが起こしたのですか？」

火つけをしたのか？　と、それはないとわかりながら問うと、千花子は首を勢い良く横に振った。

「いいえ！　いいえ！　そのような恐ろしいことをしたりはしません！　ただ……この周りの火、おかしいんです。わたしの言うことを、ちっとも聞いてくれないんです」

震えながら雪洞《ぼんぼり》を持ち、千花子はぽろぽろと涙を流す。

「生まれ方がおかしいんです。においも変、だし……わたしの火と一緒になってくれないんです」

ここへ来るまで、千花子はこの火事の火をどうにか治めようとしたらしい。

「わ、わたし、耳がいいんです。あっちこっちから、逃げ遅れて、いる、人の声が聞こえるんです。でも、火が、わたし、消せなくて」

「声が聞こえるのであれば、十分です。どこから聞こえるか、案内してください」

ひょいっと、源二郎は千花子を抱き上げる。肩に担ぐようにして走った。声が聞こえるのなら、そこへ自分が駆けつければ良いと、そういう考え。

「おう!?　なんでぇ軍人さんかい！」

「その装い……火消しか？」

走っていると、妙な格好の集団と出くわした。老人に、若者衆。手には斧《おの》やら鉈《なた》を持って、燃える吉原の、家屋をどんどん破壊している。

　源二郎が彼らを火消し、と呼ぶと、その一団を仕切っているらしい老人が嬉しそうに頷いた。

「おうよ、火消し。江戸いろは四十八組よ！　半鐘《はんしょう》を鳴らしたのはあんただね？」

「来てくれたのか！　礼を言う」

「おかしな軍人さんだよ。火消しが火事に駆けつけるのは当然さね。……そりゃ、妖怪か？」

　軍人であるのに頭を下げ、いばり散らさぬ様子の源二郎に、老人は好感を抱いたようだった。だが源二郎が大事に肩に乗せている、金の耳に尾の生えた千花子を見て顔を顰《しか》める。

「ふん。なんでぇ、帝都は燃えないと言って火消しを台無しにした化け狐がなんだってここにいる？」

「おれの妻だ。この火事をどうにかしようとここにいる」

「そいつはありがてぇな。ふん。できるんならさっさとやってくれよ。化け狐は火を噴くんだろう。余計ひどくするだけじゃないかねぇ」

　老人はぶつくさと文句を言う。周りの火消したちも、妖狐の千花子に対して、強い視

振って、
線を投げた。源二郎が何か言おうと口を開く、が、その前に、千花子が雪洞《ぼんぼり》を掲げて、振った。

「っ⁉　ひぃ⁉　燃える！」

途端、火消したちの体は青い炎に包まれた。火災を恐れぬ彼らも、得体の知れぬ妖怪の炎は恐ろしいと悲鳴を上げ、転げまわる。

「あ、あれ？　熱く、ねぇ……」

だが、炎は彼らを害しはしなかった。

源二郎の肩から下りて、千花子は深く頭を下げる。

「ごめんなさい、ごめんなさい。わたしが、帝都を火から守らないといけないのに。ごめんなさい。わたしじゃ、ちゃんとできなくて。わたしがちゃんとできないといけないのに」

ぽろぽろと、小さな少女が涙をこぼして謝罪の言葉を口にする。

妖狐の炎は吉原を燃やす火から火消しを守る。消火活動をする彼らが火傷《やけど》をせぬように、と、纏《まと》わせたものであった。

「……ば、馬鹿野郎め！」

落涙する少女に火消したちは気まずそうな顔をした。女、子どもに泣かれて気分のいい男はいない。ちくしょう、と怒鳴って、老人が乱暴に頭をかく。

「馬鹿言うんじゃねぇやい。この町を守るのは住人だろうがよぅ！　ふん、妖狐のがきに頼り切るなんぞ、そもそもおかしいことだろうよ！」

悪い人間ではないらしい。

源二郎は千花子の耳が周囲の生存者の居場所を割り出せることを告げ、聞こえる方向を伝えた。老人は他の連中に指示を出し、各々散らばっていく。

「それにしても、この火事は妙だってのはおれにもわかるよ。軍人さん。どうにも妙だ」

「妻もそんなことを言っている。どういう意味だ？」

「水で消えねぇ」

水をかけても消えない。なので、建物を崩して倒しての消火方法に切り替えている。他の建物に燃え広がるのを防ぐための方法の一つであったが、今のところそれも芳《かんば》しくない。逃げ遅れた人間を救助し、あとは全て燃えるのを待つしかないかもしれないと、老人は言った。

「あやかしの炎かと思ったんだがな」

ちらり、と老人は千花子を見た。責める目ではない。自分の見当が違ったと、そういう、ただ答え合わせをしている目だ。

「悪意があるよ、この火にゃな。軍人さん」

言って、老人は燃えている家を蹴る。千花子の青い炎に呑み込まれない火は、確かに妙なにおいがした。

この炎には悪意がある。火消しの老人の言葉、そして千花子の怯えようを見て、源二郎は顔を顰《しか》めた。勢いからして、人為的な火災であるとは感じていた。水で消えない炎、ならばそれはあやかしの仕業か？

だが千花子が怯えている。あやかし狐の末姫である千花子が怯えるほどの妙な炎。

源二郎は、あやかしには悪意がない、とその一点を思い出す。悪意がないから人間とはズレがある。それゆえに起こる問題を解決するために、己と千花子は夫婦になった。

源二郎はたたずみ、トントン、と額を叩く。あやかしの仕業であるかどうかはさておき。この炎はあやかしのものではない。そう認識する。そうすると、それなら、そうならば、この炎はなんだ。わけのわからないままではならない。

火災。ただでさえ恐ろしいものであるのに、それが更に水では消えない正体不明の、得体の知れぬものであれば、恐怖で火消したちの身動きが取れなくなってしまう。

トントン、と源二郎は再び額を叩いた。

「ギリシャ火か？」

源二郎は軍人である。近代兵器はもちろん、この国にいて手に入る書物や資料から様々な武器、歴史に登場した兵器についての知識があった。この国が鎖国するよりずっと昔に、外の国、ずっと遠くの大陸で「水で消せない炎」なる火薬が作られたと聞いたことがある。

製法は失われたそうだが、海上戦にて圧倒的な脅威となり、島国であるこの国もいずれ他国と争うことになるのなら、海上戦の強化の術はしらみ潰しにすべきだと、そういう熱心な教官がいた。

「……人が合成して作り上げた火薬による炎。千花子殿の炎とは違う。人が、人を殺すために生み出した炎か」

これがギリシャ火かどうかはわからない。だが、人が作ったものだという、これは正しいことのように、すとんと腑に落ちた。

「ええ、どうにもこうにも、そのようですね」

「天狐殿？」

「婿殿、それに末姫。この炎は全てを燃やすまで消えませんよ」

いつのまにか天狐が少し離れたところに立っていた。千花子を案じて追ってきたらしい。この熱風の中涼しげな顔さえしながら、天狐は周囲を見渡す。

「小賢《こざか》しいことをする。……さて、鏡役殿、婿殿、帝都軍人殿。末姫に、この炎を呑み込むようにと命じなさい」

「何？」

「これはあやかし狐の一族の失態。帝都は燃えぬという決まり。それを末姫の力が足りずこうなった。ですが、力が弱くともあやかし狐の姫なれば、炎を身の内に封じることができましょう」

これで万事解決。ようございましたな、と天狐が美しく微笑む。

「鏡役が、夫が命じねば末姫は炎を呑み込めませぬ。さぁ、命じなさい」

そういうものなのか、と源二郎は思いかけ、ぐっと、そこで、腹の中に違和感を覚えた。

「千花子殿はこの炎を恐ろしいと言いました。天狐殿、それならば、呑み込むということは、彼女に負担をかけるものなのでは？」

「だからなんです？　それがなんです？　務めは果たさねばなりません。そうでしょう？　人と添う、人のために尽くす、その立場になったのは末姫の意思。彼女が自ら選んだ役目です」

「彼女は務めを果たしました」

すっと、源二郎は背筋を伸ばした。上官に意見する時のように、あごを引き、上を向く。

「彼女は駆けつけた火消しのものたちに炎を貸し与え、生存者の居場所を伝えました。ただの人間にはできぬこと、あやかし姫ならばこそ可能であった行いです」

「それで十分だと？」

「鏡役は私です。私が十分であると判断しました」

あやかし姫に操れぬ炎。悪意の塊を呑み込んで、千花子が無事でいられるのか。源二郎はそこが引っかかった。

負担はあると、天狐もほのめかしているように聞こえる。

「私は末姫に炎を呑み込ませるべきだと言っているのですが？」

「優先すべきことは人命救助です。それに――」

源二郎は言葉を句切った。

「全て燃えれば炎も消えるでしょう」

「はっ、はははっは！」

天狐が笑った。こういう笑い方をするとは想像もつかなかったほど、口を大きく開けて、体をよじれさせながら大声で笑う。振り返れば千花子も目を大きく見開いて、驚いたように固まっている。

「何か？」

「あの、いえ、あの……よろしいんですの？」

一瞬、それは千花子に炎を呑み込ませる件についてかと思ったが、それよりも、源二郎がこの火を消火せず吉原が全焼してもいいと言い切ったことについてのようだ。

「まぁ、なるほどなぁ。軍人さんの言うことも一理あるわぁな」

と、そこで黙っていた火消しの老人が口を挟んだ。

中途半端に残って、片付けをする時に崩れて怪我人が出るより、何もかも燃えてしまってから建て直すという方法もある。江戸の火事とは本来そういう選択をすることもあった。

「婿殿、いえ。名はなんと言いましたか」

笑い続けていた天狐が、はぁ、と笑い疲れたように息を吐きながら、源二郎に向き直る。

名乗ったことはなかったかと思い返す。名乗っていても覚える気がなかったのかもしれない。源二郎、と己の名を告げると天狐は目を細めた。

「げんじろう」

ゆっくりと、天狐の唇が源二郎の名を呼び終えると同時に、源二郎は身震いをした。

あの気高い天狐が己の名を呼ぶ、存在を認識する。それがどういうことであるか。

ありがたいことである。誉れ高いことである。そうと、そのように判じる反面、不気味な心持ちがした。

「待――」

「待ちません。やめません。ええ、ええ。逃がしませんよ、源二郎。この炎を私が治めることは容易《たやす》いのですが、ええ、あなたのために、行いましょう」

言うが早いか、源二郎が止める間もなく。天狐がころん、と手から鞠《まり》を転がした。どこから現れたのか、トントン、と地面に落ちたそれは、ころころと転がり、炎を吸い込んでいく。炎を吸うと、鞠《まり》はどんどん汚れていった。それでも天狐は素知らぬ顔でそれを眺めている。

ころころと鞠《まり》が転がり、どんどんと炎がなくなっていく。

「……待て！」

「何を止めるのです？　火は消える。これは大変好ましいことでしょう」

神仏に等しき神通力を持つという天狐が、この炎を消すと言う。

それをありがたく頂戴すべきである、と、鏡役であるのなら、あやかしを人の世でうまく利用するために存在する鏡役であるのなら、これは都合の良いことであろうと、言外に天狐は告げた。

源二郎は赤狐の執務室でのことを思い出す。己は何をどのようにすればいいのかわかっていない。わかっていないが、周りは己にどう振る舞うべきかを承知している。

隊員たちは、己はただ黙って、ただ千花子の夫でいればいいと思っている。

猫又は、鏡役であるのならあやかしの頼み事を聞いてくれるべきだと考えている。

天狐は、鏡役であるのなら、今は黙っていろと言ってくる。

その上で、源二郎は考える。

「……害が、あるのでは？」

「ははっ」

千花子が怯えた炎である。天狐の身に、はたして全くの無害であるのか。源二郎は天狐のことはそれほど好きではない。どちらかと言えば、このあやかしの振る舞いは嫌いだ。だが、源二郎は思案した。

「この私がこの人間の町を救ってさしあげようと言うのですよ。大人しく、ありがたがって黙っているのが礼儀では？」

「全て燃えても、建て直せば良い。だがおまえの身に何かあったら、それは容易《たやす》く元に戻せるのかおれにはわからない」

炎を吸う鞠《まり》が転がってから、天狐の白銀の髪が一房、黒く染まっていた。こうして見てみれば、白い指先、爪が、先の方から墨でも吸ったように黒くなっている。

「……おれに力を貸してくれると言うのなら」

「この場で、炎を消す、という以外に何かあるのでしょうか」

「おまえたちが怯える炎で全て燃える前に。それより先に。おまえたちの炎で全て燃やし尽くしてくれ」

なんぞ曰《いわ》くのある炎。人の悪意ゆえの炎。源二郎は、この炎がなんぞ害が残るものになりやしないかと、そんな気がした。たとえば、悪意を持って刺されればその傷の治りは遅いという。そういう、念のようなものがこの炎にあるような。

人の世があやかしの世と合わさってから、そういった不可思議なことが当たり前になったように、世の理《ことわり》にもちょっと変化があった。それならば、それゆえ、源二郎はあやかしの火で全て、燃やしてくれと、そう頼んだ。

「あぁ、なるほど」

「まぁ、旦那さま。それはとっても、すてきなことを仰《おっしゃ》るのね」

天狐と千花子が顔を見合わせ、そして嬉しそうに微笑んだ。

「元々我ら一族は高天原《たかまがはら》に従わぬ荒ぶる神の縁《ゆかり》のものですから。ええ、治めるよりもずっと、こちらの方が得手なのですよ」

こんこん、と天狐が喉《のど》を鳴らす。目を細めて上機嫌に、耳をぴくりと動かして、ふぅっと手のひらをかざして吹いた。するとゴウッと、吹いた息の弱々しさと比例せぬ、紫の炎が噴き出す。そしてタン、と片足を踏み鳴らすと周囲の家屋が一気に灰になった。その灰は、千花子が雪洞《ぼんぼり》をひょいっと振ると、花びらになって風にとけた。

燃やしていいのなら、何一つ守らず残さずにいていいのなら、とあやかし狐は嬉々と振る舞う。

源二郎は生存者がいないかと、千花子と天狐が灰にする前の燃える家屋を調べる。だが避難と救助が迅速に行われたようで、誰か残っている、ということはなさそうだった。

「……」

だが、それでも見落としがあるやもしれぬと源二郎は気は抜かない。そこで、何軒目かに入った見世、燃えて炎に巻かれた見世の、奥に誰かいるような気がした。

「おい、誰かいるのか！」

源二郎は声を上げる。千花子の炎で守られているとはいえ、視界はおぼつかない。

燃える家屋。ぱちぱちと火の粉が飛び交う中、目を細めて源二郎は奥を凝視する。

「……おまえは」

誰かいた。見世の奥。燃えて崩れた階段の残骸の奥に、人影があった。

後ろ姿。

背は低い。

見覚えがあった。

「和真《かずま》か？」

子どもだ。袴姿の、少年。

見覚えがある。源二郎が呼ぶと、ゆっくりと少年が振り返った。

姉に似たやさしげな顔立ちに、口元には小さなほくろ。

――甥《おい》の、和真。

「……和真！」

幼くして、はしかで死んだ甥《おい》だ。

記憶の中と同じ顔で、昔見たとおり、口元にはやさしい笑みを浮かべている。

源二郎が叫ぶと和真は軽く頭を横に振る。そして炎の勢いが増し、姿が見えなくなった。

「和真！」

炎の中に飛び込んだ。柱や家財を乱暴に押しのけて、折れた板であちこち服が破れたが、そんなことを気にせずに、前に進む。

「旦那さま⁉」

前に前にと行く源二郎の腰に、ぐいっと、何かがしがみつく。

「放せ！　和真が！　甥《おい》が！」

「しっかりなさいませ旦那さま！　ここには人は誰もいません！　ここは……この先には行けません！」

千花子が源二郎を必死に引き留めていた。

はっとして、源二郎は我に返る。その瞬間、源二郎が向かおうとしていた先の屋根が落ちた。千花子の炎で守れるのは炎だけ。千花子が止めてくれなければ下敷きになっていただろう。

「……すまない」

「……いえ。いいえ」

冷静になり、源二郎は千花子に謝罪した。大声で怒鳴ってしまった。止めてくれたことに礼を言う。

ヒュウヒュウと、どこからか風の音のようなものが聞こえる。何か人の言葉のようにも聞こえたが、言語として聞き取れない。

「おのれ、くなどもめ……」

千花子はじぃっと、崩れ落ちた先を睨み、何か小さく呟いている。いつも穏やかな顔をしている彼女には珍しい。源二郎が声をかけると、千花子はにこり、と微笑んだ。

◆◆◆

約束は守れ、とらっくは男に詰め寄った。

吉原大火から逃れて、禿《かむろ》や見世を案じる門松をなんとかなだめすかしてここまで連れてくるのは一苦労だった。が、ここへ来れば何もかもが安全で、万事解決だと信じているからこそ多少の無茶もした。

男は大店《おおだな》の主人で船をいくつも持ち、倉も四つ持っている。らっくに人の世のことはわからないが、たくさん人を使って、大きな家に住んでいて、たくさん金を持っているものは苦労しないということは知っていた。

だから、この男の言うとおりにしてやったのだ。そうしたら、己は門松と、門松が昔手放してしまった赤ん坊の代わりをもらえて、二人と一匹、もう何も不自由なく暮らせるようになると、約束したのはこの男だ。

焼け焦げた羽織一枚と薄着だけで見世の入り口から入ってきた遊女と、その遊女を守るように寄り添う猫又を見た材木問屋の面々は驚き、そして気持ちの悪いものを見るような目を向けた。誰一人、火災からなんとか逃れた気の毒な女をすぐに助けてやろうと、声をかけることはしない。

どういうことだ。らっくは訝《いぶか》しみ、そして見世の中にいる男、己に約束した男、見世で一番偉い、店主、主人、旦那に詰め寄った。

約束は守れ、そう叫ぼうとして、人の言葉が出ない。

あやかしの身で、人の悪意の末の炎を扱って、猫又としての本性が薄れた。シャァと威嚇する鳴き声だけが喉《のど》からあふれ、詰め寄った男が一瞬にやり、と笑った。

「なんだこの女は⁉　あぁ、誰か！　この女を捕まえなさい！　吉原から逃げてきた遊女に違いない。火事に紛れて吉原から足抜けしようとしたに違いない！」

店主が叫んだ。らっくはぎょっとする。

おまえ、約束したではないか！

噛みつこうと牙をむくと、飛びかかる前に素早く、火掻き棒で頭を殴られた。ぐっ、と、らっくは床に叩きつけられる。視界がぐわんと揺れた。

ばたばたと足音がする。騒ぎを聞きつけて、警官がやってきた。かすれる視界の中で、ぐったりした門松が乱暴に髪を掴《つか》まれ上を向かされるのが見えた。誰かが門松の見世の名前を言い、門松が遊女であることを告げた。

「もしや、吉原の火災に関係しているのではないか」

吉原から逃げてきて、すぐこの日本橋までやってこられるはずがない。誰かが言う。怪しんで、そして、ぐったりとしている門松の頬を叩く。

触るな！

らっくは全身の力を振りしぼって、門松の髪を掴《つか》む警官に噛みついた。あごに力を入れ、肉を食いちぎる。

悲鳴が上がった。

「ひぃっ⁉」

「化け猫だ！」

「妖怪だ！」

己は騙されたのだと、らっくは理解した。

憎悪。憎悪。憎悪。憎悪。

門松の前に立ち、全身で威嚇する。目は血走り、段々と頭がはっきりとしてきた。憎しみで体が変化していく。ぶちぶちと、皮膚が裂け、体が膨れ上がる。

成る。

と、らっくは悟った。

己が、何か別のものに成る。構わない。構わない。

猫の小さな姿では門松を守れない。

らっくの頭の中に、昔のことが浮かんだ。まだ尾が分れる前。生まれ落ちて目も開かない頃。耳は聞こえていて、不思議と人間の言葉がわかった。

『あらやだ。最近見ないと思ったら、こんなところで子どもなんて産んで』

『早いところ始末しないと、子猫はうるさいから』

冷たい桶《おけ》に乱暴にきょうだいが入れられた。まるで、汚物でも捨てるような気軽さ。壁に何か叩きつけられる音がした。寒くてガタガタと震える。母猫の威嚇する声が遠くで聞こえた。

『おかみさん、わっちに譲ってくれなんし』

と、そこで柔らかい声。人に話しかける時に、どんな音が最も安心させるか心得ている音。

『ふん。なんだい。猫の子を代わりにしようってか?』

『……猫の子くらいは許しておくれやす』

あとで知ったことだが、その音は後に門松となる遊女の声だ。とある事情で、これから別荘地で療養することになった。らっくはそんな門松に引き取られ、育てられた。

(あぁ、そうだ。守らなければ! 守れなければ意味がない! 構わない。構わない!)

何に成っても構わない。尾が割れ猫又になって、化け猫と物を投げられても、門松は撫でてくれた。ぎゅうぎゅうっと、抱きしめてくれた。それが今、冷たい床で震えている。

怒りと悲しみでらっくの体はいっぱいになった。

——ドンッ。

銃声。

「やぁ、危ないところでしたね」

どさり、と変化しかけていた猫又の体が、頭を打ち抜かれて倒れる。

真っ赤な軍服を着た男が、煙の上がる銃を手に微笑んだ。

◆　◆　◆

吉原の火災が落ち着き、翌朝。

小坂源二郎を赤狐の隊舎に呼び出した神田は、ことの顛末《てんまつ》を語った。端的に言えば、今回の一件は材木問屋の主の企《たくら》みであった。

火事がなくなり、材木問屋としての商売が傾き始めてしばらく。猫又を唆《そそのか》して火事を起こし、建て直しで儲けようとそういう話だったと、そう神田が語ると源二郎はドン、と机を叩いた。

「友として口を利《き》く気はあるか」

　実際のところはどうなのだ。そう問われ、神田は肩を竦める。

　へらり、と笑い頬をかく。ごまかすこともできなくはない。が、今回の一件は源二郎とあやかし姫の今後に関係があると言えばある。さてどうしたものかと神田は思案した。

「何が腑に落ちないんだい？」

「あの赤ん坊はなぜ攫《さら》われた？」

「門松という遊女は昔堕胎をしていてね。赤ん坊を恋しがっていると、猫又は考えたんだ。赤ん坊が手に入れば門松が喜ぶと思ったんだろう。報酬というわけさ」

　しかし実際、門松はどこからか降ってきた赤ん坊を素直に受け入れはせず親元を捜したがった。それで猫又は仕方なく、「見つからなかった」という結果が出ることを期待して、最近就任したばかりの鏡役源二郎に声をかけたというわけだ。

　では、天狐ほどのものが、猫又が赤ん坊を隠したのに気づかなかったのか？　そんなわけはないだろう。源二郎に問われるが、答えずにいると、次の質問がかかる。

「……………あの火災はなぜ起きた」

「材木問屋の主人の企《たくら》みさ」

「神田。おれはあの炎を見たんだぞ。あれはまともな火じゃなかった」

「きみと姫が無事で良かったよ」

炎についての詳細を、神田は明言するつもりはなかった。あれは帝都軍でひそかに作られている火薬、後に焼夷弾《しょういだん》に用いられる火薬の炎である。つまり今回の件、帝都軍が関わっているのだ。

それはそれとして、材木問屋の主人は、猫又を捕らえたあとで連行しようとしたところ、血を吐いて死んだ。呪詛《じゅそ》だった。その場に赤狐の上級隊員たちがいたにもかかわらず、誰もその呪いの発動を感知できなかった。

「――我が友が問うているのですよ、正直に答えたらどうです？」

気づけば、いつのまにか天狐がソファに座っていた。

勝手気ままにお茶の用意をして飲んでいる。ひくり、と神田は顔を引きつらせた。

「友？」

「源二郎は私を頼ったのです。友情というものはこのようにして生まれるものでしょう」

「……源二郎、いつのまにそういう仲に？　きみ、天狐様は恋敵だろう⁉」

「友になった覚えはない」

「だよね⁉　きみの親友はぼくだものね！」

「寝言は寝て言え」

と、相変わらず源二郎は容赦ない。神田はわざと傷ついたように大げさに嘆いて見せてから、こうして天狐が源二郎の味方になったこと、これを自分は喜ぶが、上はどうだろうかと冷静に判じた。

「此度の一件、我が一族の、金の姫を狙ったものでしょう」

「……火災が起きたのは、千花子殿の責任では――」

「その辺はどうでもよろしい」

火事は起こらぬと約束された帝都で火災を発生させた責任について、あやかし姫にはなんらかの処分が下る。が、人の世の理《ことわり》など天狐は重視しない。

ゆえに、天の狐が考えるのは別のことだった。

「あの炎」

天狐は自分の銀の髪をひと房、手にとって見せる。墨を染み込ませたように黒くなっていた。炎を消そうとした時に染まったものがそのまま戻らずにいる。神田は顔を顰《しか》めた。

「……天狐様」

「我が身であればさして影響もない。が、金の姫であればどうであったか」

「……待て、それではなぜ、千花子殿に炎を消すよう、おれに告げさせようとした」

源二郎が天狐の腕を掴《つか》む。もし源二郎が末姫に炎を消すように命じたら、天狐ほど神気のない姫の身は穢《けが》れて、あやかしとしての形を保てなくなっていただろう。

天狐が目を細めて微笑んだ。

「鏡役というのはそういうものです。私はあなたが金の姫にそう告げたなら、その首を噛みきってこの地を灰にしようと思っていましたよ」

「実際、吉原は灰にされましたけど」

ぼそり、と神田が突っ込むが天狐は無視する。源二郎によれば、あれは源二郎の願いあってのことと、人の理屈で言うところの「正当性」があったと、それは神田も承知している。

源二郎が黙っていると、天の狐は面白がる様子を消した真面目な顔で、じぃっと源二郎を見つめた。

「怖気づきましたか」

天狐は、源二郎が判断を誤ればすぐに殺される立場にいることを問うたつもりだが、源二郎は別のことを考えているのか、答えを口にしなかった。

◆
◆
◆

源二郎は隊舎の廊下を歩きながら思考に耽《ふけ》っていた。

事後処理は神田や手段を心得た隊員たちが行う。報告書を作成したかったが、形式がわからなかった。神田に聞いても、鏡役にその義務や責任はないと言う。しかし、当事者が最も詳しい報告書を残せるはずなので、自分の知る形式で作成はしておこうと決めた。

自宅には千花子が待っている。吉原の火災を防げなかったという責任について、千花子や妖狐の一族がどう責任を取るのか、その判断がどう話し合われるのか、源二郎は知らされていない。

追って沙汰あるまで、千花子は自宅で待機すると言っていた。

そのはずだが、源二郎の少し先。廊下の窓を背に妖狐の少女がぽつん、と所在なさげにたたずんでいる。

「……」

「お叱りになりますか？」

金の耳をぺたんとさせて、不安げにこちらを見上げてくるのは源二郎の妻、千花子である。

「しばらく謹慎すると聞きましたが、退屈でもしましたか」

問うと目をぱちりとさせる。その件について叱責を恐れているわけではないらしい。

「わたしが役立たずだったことに対してですの。お叱りにならないのですか?」

それこそ妙なことを言う。千花子が立派に務めを果たしてくれたことを源二郎は知っているし、火災を防げなかった件については、そもそもあやかしたちを全面に信じて、火災時の対処をおざなりにしていた人間側にも責任があると思った。あの火消しの老人の言葉のとおりである。

盟約があり、それが果たされなかったのであればなんらかの責任を取る。その必要性はあると、源二郎も理解している。しかしそれは千花子個人の責任ではなく、あやかし一族と政府の間でやりとりされるべきこと。

客観的で理性的な視点で決められるべきものであり、源二郎が何かしらの感情を抱く必要はなかった。

「あなたの振る舞いは立派でした。責任に対してであれば、おれこそなんの務めも果たせずにいる」

「まぁ! そのようなことは決して……!」

「おれの判断があなたを殺すのだろう」

鏡役というのはあやかし姫の夫である。その振る舞いは鏡となってあやかしの善性となると、それはわかっているつもりだった。

だが、ただ「良き夫」であるだけではならないのだと、天狐の言葉で考えさせられた。鏡役がただ大人しく家にこもることを推奨される理由がわかった。

現場に出て何か願えば、鏡役を最良で最善と考えるあやかし姫はそれを叶える。先の炎を千花子が取り込めば死んでいただろう。源二郎は建物と千花子の身なら千花子の身を選んだが、たとえば吉原全ての人間があの炎の中に取り残されて、千花子が炎を取り込む以外に手段がなければ、どうにもならなければ、どうであったか。

「おれは帝都軍人として、市井《しせい》のものを守る責務があります」

「存じておりますわ、旦那さま。もし、百人の人を助けるためにわたし一人の命が必要でしたら、わたし、喜んで焼かれます。千花子はそのために旦那さまの妻になったのですもの」

真っ直ぐに、誇らしげに千花子が微笑む。そして申し訳なさそうに、目を伏せる。

「ですから……本来、わたしはあの時、旦那さまやお兄さまから何か言われる前に、あの炎を取り込んでしまわなければなりませんでした。わたしが迷ってしまったために、旦那さまにご迷惑をおかけしてしまったのです」

妻ならば、夫に言葉で言われずとも正しい振る舞いをしなければならない。それができなかったと、千花子は謝している。

「違う！」

源二郎は声を上げた。びくり、と千花子の体が震える。はっとして、源二郎は千花子と目線を合わせるべくしゃがみ込み、怯えて俯《うつむ》いた妻の顔を覗き込む。

「すまない。きみを怖がらせるつもりはなかったんだ」

「……」

「どう言えば良いものか。おれは、うまく言えないが……」

ぽろぽろと、千花子は大粒の涙をこぼしている。しゃくりあげ、こちらの言葉が聞こえているかどうかも怪しい。源二郎が触れることは拒まないでくれているので、その小さな体を抱き上げ、背を軽く叩く。妻というより娘を持ったような気がした。

しゃくりあげながら、千花子がもごもごと何か言う。

「だ、旦那さま、は、ご自分のことを、ちっとも、わかって、いらっしゃいません。み、みんな、旦那さまのことが、好きで、お役に、立ちたいんです。わ、わたしだって……！」

「それはありがたいが、そのように思ってくれるのはきみくらいなものだ。おれは人に好かれる性分ではない」

　今も、所属する赤狐の隊員たちには無能の役立たずと嫌われている。今回の大火も、少しでも何か役に立てないものかと思っての行動だったが、あやかし関係の問題を解決したのは神田たちだ。

「まぁ！　そのようなこと！」

　目を真っ赤に腫らした幼い妖狐が必死に首を横に振る。それで、証拠を見てくださいと言って、源二郎をどこかへ誘導しようとした。と言っても、源二郎に抱かれたままであるから、歩く先を指示されそのとおりに進む。

　たどり着いたのは、赤狐の隊員たちが使う執務室だ。こっそりと覗けるような隙間もないし、執務室はある程度の防音加工がされている。千花子が雪洞《ぼんぼり》を取り出して、ふぃっと振った。すると、源二郎と千花子の体が透明になり、壁をすり抜ける。

　執務室には隊員が数名いた。赤ん坊の世話をした原田という女性隊員もいる。

「榊隊長は？」

「天狐様と鏡役のお相手中だろ」

　ふと、誰かが声を発する。顔にほくろのある青年隊員だ。それに答えるのはぼそぼそっとした声。

憎々しげな様子。事後処理で多忙な隊の要《かなめ》を源二郎が奪っていることに対して苛立《いらだ》っているのだろう。源二郎は顔を顰《しか》め、すぐに神田に戻るように言おうと踵《きびす》を返そうとしたが、千花子がぐいっと、彼女にしては強引に、源二郎をその場に留める。

「……ずるい」

また別の隊員が口を開いた。窓側にいる、黙ってそろばんを弾いていた隊員だ。その一言に、ぴくり、と周囲が反応する。

「あぁ、ずるいよな……いつもいつも」

源二郎は自分が責められているのだと思った。事後処理などせず、ただ座っておしゃべりでもしているだけの己のことだろうと恥じた。

がたん、と分厚い眼鏡をかけた隊員が椅子を蹴って立ち上がる。

「いつもいつも！　榊隊長ばっかり！　小坂中尉殿と話してずるい！」

（……は？）

「おれだってな！　あの方と話したり、稽古をつけてもらったりしてぇのにさ！」

「おい稽古だなんて贅沢《ぜいたく》なこと言ってんじゃねぇぞ⁉　同じ空間で息を吸えることに感謝しろ！」

「同じ空間にほぼいれねぇじゃん！　榊隊長が『きみたちは捨て駒でいつ死ぬかもしれないし、源二郎がここを居心地のいい場所って思わないように、基本接触禁止』とか言うから……！」

「はい、おれです！　あの方に心にもないこと言って追い出す役になったのおれです！」

「おまえはよくやったよ！　榊隊長に人質にされた妹さん、無事に帰ってきたか⁉」

「蟹《かに》食って帰ってきた！」

おめでとう！　と隊員たちが言い合う。

これは、いったいなんなんだと源二郎は茫然として、千花子を見下ろせば、泣きじゃくっていたはずのあやかし姫はとびっきりの良い笑顔で「ほら！」と、自慢げにしていた。

「……」

しかし、源二郎の方はどんな顔をしていいのかわからない。まずは、こうして盗み聞きするのは良くないだろうと、そう小声で妻を諭《さと》す。

「……ところで、千花子殿」

「はい。旦那さま」

「…………」

腹は、減っていませんかと、聞けばいい。このように気遣われ、そして今回の騒動に力を貸してくれたことへの礼をしたいと思った。妻の喜ぶことと言えば、洋食だろう。洋食店について調べられてはいないが、源二郎は「誘うなら今だ」と感じていた。が、女子に腹は減ったか、などと聞くのは不躾《ぶしつけ》ではなかろうか。気の利《き》いた誘い方というのはどんな言葉かと、必死に頭の中を巡らせ、黙ってしまう。

「……」

「旦那さま？」

「……いえ」

なんでもありません、と言いかけて、また黙る。

「千花子殿……少し、付き合っていただきたいところがあるのですが、構いませんか」

ぐっと、腹に力を入れた。言ってしまえば容易《たやす》い。千花子が不思議そうにしながらも頷くと、ひょいっと、源二郎は妻を抱き上げた。

「え⁉」

「失礼」

「まぁ！」

「少し、急ぎます」

と、大股で廊下を歩く。

「あの、あの、旦那さま。どちらに、向かっているのでしょうか」

歩いて少し、緊張している源二郎に届くようにゆっくりあやかし姫が声をかける。

「……何か、洋食をと、思いまして」

「まぁ！」

うれしい、と千花子が微笑む。笑うと花が咲くようで、見ているものの心を温かくする。

源二郎が軽く咳払いをして、どんなものが食べたいかと聞いてみると、洋食食べたさに人間の妻になったあやかし姫は、ちょっと考えるように黙った。

「……旦那さま。お気持ちはとてもうれしく思います。けれど、それは……今日でなければなりませんか？」

「……失礼、何か用事がありましたか」

「いえ、そうではないのですけれど」

歯切れが悪い。言いづらそうなので黙っていると、あやかし姫は軽く、恥ずかしそうに眉根を寄せた。

「……お作法を知りませんの。ですから、きちんと、その。旦那さまと、洋食店に行くのですから、ちゃんと……その。わたくし、毎晩、あれこれお勉強してはいるのですけれど」

源二郎は目を大きく開く。夜になるとお社《やしろ》にこもってしまうのは、あやかしのお役目だけというわけではなかったらしい。あやかし姫は顔を赤くして、首を横に振った。

「半年経つのに、覚えが悪いとお笑いにならないでくださいね？　食器を持ちあげてはいけない洋食は、どうにも勝手が違って」

難しい、これでは外に食事に出られるように化けたところで恥をかかせてしまう、と言う。

「……」

共に、似たようなことを考えていたらしい。笑い出してしまいそうになって、それでは千花子が悲しむだろうと、我慢するために顔を歪めた。

と、心に温かいものを感じていた源二郎は、廊下の角から現れた人だかりに歩みを止める。

「これはこれは。赤狐は鏡役、昨今噂の小坂中尉殿ではございませぬか」

先頭を行く男が、ちらり、とこちらに目をやってきた。

赤狐とは少し異なる隊服の、顔に大きなケロイドのある隊士だ。階級は榊と同じ隊長を示す証が付けられている。

「草薙《くさなぎ》中尉殿」

源二郎は千花子を一度下ろした。

赤狐隊の管轄する隅田川より向こう側、柴又帝釈天《しばまたたいしゃくてん》を中心として活動する緑狸の隊長、草薙千草《ちぐさ》という男。顔の火傷《やけど》は昨日今日のものではなく、十年前に負ったという噂を聞いた覚えがあった。

この赤狐の隊舎で他の隊長、隊員が何をしているのか。彼らに連行されているのは遊女の門松だ。見世が燃え、その上、見世に憑《つ》いていた猫又が主犯であったので、取り潰しになろうところを、門松一人に全ての責任を押しつけて事なきを得た。

吉原の見世で見た高級遊女は、火事や猫又の起こした事件によって心身共に疲弊したのだろう。随分《ずいぶん》とやつれて見えた。

さて、己は緑狸の隊長にどのような態度を取るべきだろうかと源二郎は思案した。源二郎は赤狐の鏡役。あちらは緑狸の隊長殿だ。上下関係で考えるのなら、上官として接するべきかと考えて、天狐の言葉を思い出す。

あやかし姫の鏡役としてであれば、誰かれ構わず頭《こうべ》を垂れるべきではない。

源二郎が黙り込んでいると、草薙が口を開いた。

「狐の姫を伴ってどちらへ？　まさか、どこぞに遊びに出る、などということはございませぬな？　昨日あれだけの騒ぎを起こしておきながら。あぁ、いやいや、鏡役というのは細君の言いなりになるしかない。真面目と評判の小坂中尉殿であれば、右から左に従う他ないのでしょう」

ひと呼吸のうちに、あれこれ長ったらしく言う男である。

源二郎は何も言わずただ背の妻を庇《かば》った。同じあやかしに関連する軍人でありながら、あまり友好的とは見えぬ態度。不躾《ぶしつけ》な視線に千花子を晒《さら》す必要はない。

千花子の方も、草薙が何か言ったところで気にしている素振りはなかった。

その夫妻の態度が草薙の癇《かん》に障《さわ》ったらしい。火傷《やけど》のあとでうまく表情が作れぬのか、片方の唇だけつり上げて、引きつった笑みを浮かべる。

「ふん。所詮代理同士の分際でおれを侮《あなど》るか。昨日の火災でどれだけ他人様に迷惑をかけたか理解しているのか。狐どもが自信満々に引き受けた癖に、早速の醜態《しゅうたい》。恥を知るものならこうして日の下を歩くなど、できようものではないが。ははは、他人の地位を奪うような、盗人猛々《ぬすっとたけだけ》しいものどもには今更であったか」

一々話の長い男だ。源二郎はうんざりした。門松から事情を聞くためにわざわざ隅田川を越えてきたのだろう。ここで立ち止まって、己らに嫌味を言うことになんの意味があるのか。

こういう輩《やから》は何か言えば余計に面倒くさくなる。

今のところ、言い方は無礼だが言っている言葉に間違いはない。源二郎は急遽立てられた鏡役で、千花子も洋食食べたさに他のあやかし狐の姫から役目を代わってもらったもの同士。火災は起きたし、昨日の今日で己は妻を洋食に誘った。

が、それがどうしたのかと、源二郎はなんの問題にもしていない。

千花子と天狐の協力で吉原の火は消えた。神田が自分に隠していることも、なんぞあれこれと複雑なことの手がかりになったのかもしれない。

火事が起きたことについての責任追及であれば、いずれ追って沙汰あることだろう。軍籍にあるものとして、その時に下された決定に従えば良く、現在自宅謹慎も何も出ていないのだから、自由に歩けるうちに妻を労《ねぎら》うというのは、源二郎の中でなんの間違いもないことだった。

黙り続けていると、草薙の顔がどんどん歪む。怒りで顔が赤くなり、何かもっと鋭い言葉を放ってこちらを傷つけてやらねば気が済まないという様子がわかった。

「その女性、もらいます」

緊迫する空気の中、いつ草薙の号令で隊士たちが源二郎に切りかかるかもわからない状況で、おっとりとした、あやかし姫の声が響いた。

「……何？」

突然の言葉に草薙が間の抜けた声を上げる。聞き取れなかったゆえの言葉ではないとわかっているあやかし姫はにこり、と微笑むだけ。二度同じことを言わせるな、という意味であるのは明白だった。

あやかし姫は笑みを浮かべた顔のまま、ついっと、緑狸の隊員たちの方へ進み出る。一歩、と近づくと隊員たちがその分下がった。

妖狐と妖狸の違いはあれど、あやかしの姫を頂いているのはあちらも同じはずだが、まるで得体の知れぬ怪物でも相手にしているような、緑狸の隊員たちの怯え具合。

「千花子殿」

と、源二郎がその手を取る。千花子の意図はわからないが、門松の尋問が必要ならば、それをこちらが邪魔立てしてはならぬ。

そう止めようとして、もしや心根のやさしい彼女のことであるから、あまり良い態度を取らない草薙によって、ただでさえやつれている門松がひどい目に遭うかもしれないと案じての我がままだろうか、と思い至る。

「ひっ、あの鏡役……命が惜しくないのか」

源二郎が千花子の手を掴《つか》むと、緑狸の隊員の中から悲鳴が上がった。

「はい、旦那さま」

しかし、千花子は恐るべき妖狐ではないことを源二郎は知っている。呼べば、嬉しそうに振り返って微笑む。

「わたし、常々人間の女性の作法というものを、きちんと人間の女性から学んでみたいと思っておりましたの。あら、でも。申し訳ありません。勝手を申しました。旦那さまがお嫌と仰《おっしゃ》るのでしたら、従います」

なるほど、と源二郎が頷くと草薙が馬鹿にするように鼻で笑う。

「下賤の女から何を学ぶつもりですかな」

「草薙殿」

口を開けば他人を傷つけようという言葉しか吐けないのだろうか。源二郎は目を細めて、緑狸の隊長を呼んだ。

「その女性の、身元引受人に関して。確か、空白だったはず。小官が引き受けましょう」

「は？」

「そちらの尋問が終わり次第、小官の家で引き取るということです」

てっきり、何か言い返してくるだろうと構えていた草薙は、またまるで相手にされないことに気づいて唇を噛む。

門松はと言えば、自分の身が勝手知らぬところでやりとりされているのに、ぼんやりとしていた。

「旦那さま。この女性、随分《ずいぶん》と疲れていらっしゃいます。尋問、というのは今すぐでなければならないのでしょうか？」

「赤狐の方ですでに、門松殿からは何も詳しいことは聞けない、と判断されています。その上で、緑狸の方でも尋問をということです。別段、明日でも構わないでしょう」

必要性ということを考えると、すでに赤狐の方では無関係であると判断されている門松を、わざわざ引っ張ろうとするのは、こちらに対する当てつけでしかない。

源二郎が緑狸の隊員に顔を向けると、ちらちらと上官の方を窺いながらも、隊員はぎゅっと目を閉じて、門松をこちらへ引き渡した。

「おのれ……！　どこまでも馬鹿にしおって！」

蔑《ないがし》ろにされ続けた草薙が、ついに源二郎に掴《つか》みかかる。源二郎はその腕を逆に掴《つか》み、肩に乗せ、そのまま背に担いで投げ飛ばす。綺麗にはまった背負い投げに、草薙が呆気に取られて天井をぱちり、と見る。

「門松殿は明日、小官の方からそちらの隊舎にお送りする」

今日はさっさと帰れ、と言外に告げると、隊員たちに抱き起こされながら草薙が「おのれ！　おのれ！」と喚《わめ》く。

喧《やかま》しいので一度叩きのめしておくか。

よその隊舎でよくもまぁここまで好き勝手に振る舞おうとするものである。始末書や軍法会議については、火事の件もあり、今更一件分増えたところで構うものではない。正しく処罰を受ければそれでいいのだと、割り切る妙なところのある男。

源二郎が目を細めて草薙を見る。草薙が帯刀した剣の柄《つか》に手を触れる。と、離れたところから悲鳴のような声が上がった。

「おやめください！　兄上！」

「……？」

見れば、廊下の少し離れたところに、紋付き袴の少年がいる。歳は十かそこら。育ちの良さそうな、大人しい顔つきの少年が、蒼白になりながらこちらに駆けてくる。

「大変ご無礼をいたしました！　赤狐は鏡役、小坂中尉殿とお見受けいたします！　わたくしは緑狸は鏡役を仰《おお》せつかっております、草薙清治《せいじ》と申すもの！」

幼いが、口調はしっかりとしている。源二郎の前に膝と手をついて、必死に許しを請う。草薙中尉と顔つきがよく似ていた。苗字も同じということは、縁者、兄弟かもしれない。

清治は緑狸の隊長の非礼を詫びた。年下にここまでさせているのに、その間も草薙中尉の方はぶつぶつと不平不満を漏らしている。

源二郎は少年に、自分も妻も怒っていないことを告げた。清治はほっとしたように息を吐き、また後日、お詫びに伺わせていただきたいと願い出ると、隊員たちを連れて去っていった。

§

キュウキュウ、と、管狐たちが鳴く。小坂邸、あやかし姫と源二郎が暮らす屋敷には広い庭がある。真昼間から管狐や火狐が姿を現し、縁側から庭へ敷物を敷き、火を噴いてパンを炙《あぶ》っていた。

「こうして表面を焼いたパンに、バタを塗ると良いそうです」

狐火で焼いた平たいパンにたっぷりとバタを塗ると、熱い表面ですぐに溶けて染み込んだ。そこに源二郎は上白糖を振りかける。さすがにこれは甘すぎるが、隣に腰かけたあやかし姫は油でキラキラと光る砂糖に目を輝かせていた。

「まぁすてき！」

洋食を食べには行かないが、何か一緒に食べようと、それで、それならパンとジャムがあると思い出した。

パンは、銀座の花村屋《はなむらや》が売り出したという食パン。西洋のものと違って、長方形の型に入れて焼く。それを好みの厚さに切って、軽く焼いて食べるという。最近軍でも作られ始め、牛乳と共に毎朝支給されることとなるらしい。

砂糖をかけたものを一枚平らげて、その間に火狐がまた一枚焼く。今度はジャムを塗った。塗るというより載せると言う方が合っているように思う。

「千花子殿」

嬉しそうに、おいしそうにあやかし姫が食べるのを、源二郎は目を細めて眺める。

草薙中尉と対峙した時の千花子には、あやかしらしい残忍さが窺えた。そして草薙中尉に何を言われても、千花子は気にもしなかった。源二郎が草薙中尉に対して無関心であったからだろう。

鏡役は、あやかし姫の善意にも悪意にもなり得る。

「はい、旦那さま」

呼ぶと、千花子は返事をする。にっこりと微笑んで、パンを膝の上の皿に置く。

「こうしてあなたと、この屋敷にこもった方が良いのでしょう」

「そうして、くださるのですか？」

期待するような目が源二郎に向けられた。

「そうしてくださったら、どんなにすてきでしょうね。わたし、毎日お庭で宴を開いて、歌ったり、踊ったり、旦那さまと、できたらいいなぁって、思います」

楽しいことだけやればいい。ふわり、と微笑むあやかし姫に、源二郎は手を伸ばした。その小さな白い手を掴《つか》んで、握る。

「そうはしないと、あなたも決めていらっしゃるでしょう。千花子殿」

あやかしとしてではなく、人間の女性としての作法や、洋食店に行くための勉強をしている。そういう千花子は、とうに腹をくくっているのだと源二郎は気づいた。

本来、鏡役とその姫は屋敷にこもってただじっとしていればいい。あやかし姫もそう言われてきたはずだ。が、源二郎の妻となった末姫は、源二郎を見て、人となりを知って、考えて、こうするべきだと、こうあるべきだと思い描く姿をすでに持っている。

「……帝都軍人として生きる、おれの妻として、生きていただけますか。千花子殿」

覚悟がないのは自分だけだった。

源二郎は、本来求められた鏡役としては生きられない。軍人としての自分があって、優先順位が、どうしても、変えられない。

それでもいいか、それでも、己の妻でいてくれるかと問う。源二郎が千花子と名付けて呼ぶあやかし狐の末姫は、その名のとおり、千の花が咲くように穏やかに華やかに微笑んで頷いた。

＊＊番外　榊隆光の調査書＊＊

一　遠野の天狗

文明開化よりずっと前、江戸幕府やそれよりもっと前、京に栄えた都にて陰陽師《おんみょうじ》が結界を張るよりもっともっと昔から、この国の人間たちは人ならざるものたちと、隣り合わせで暮らしていた。

「東北、花巻と釜石の間にある遠野郷。『遠野物語』や『東奥異聞《とうおういぶん》』なんかでよくよく知られた、民話の故郷か」

鉄道に乗ってどこまでも、とはいかぬけれど可能な限り、土地は随分《ずいぶん》開拓された。神田、いや、今は対あやかし部隊赤狐の隊長、榊隆光は鉄道列車のガラス窓から、行く先に聳《そび》える山々を眺める。

さて、普段は帝都の浅草界隈、隅田川から内側を管轄下として帝都市民の平和を守るこの男。新婚の源二郎をからかうのに飽きて秘湯巡りの有給休暇……と、いうわけではない。

行く先は数々の民話を残す遠野郷。早池峰山《はやちねさん》のふもとの村で天狗が出たという。あやかしというのは、その大半が人間にとっては「厄介」であるが、その中で隆光が一番面倒だと考えるのが天狗だった。

天狗、天狗。さて、この天狗という存在。神であり、あやかしであり、そして人間でもある複雑なもの。

たとえば、妖狐に天狐や銀狐、様々な種があるにしても、妖狐というものは全て「狐」であると言い切れる。あやかしというのは「何かしらの存在」が生じたもの、あるいは転じたもので、それらの元を一つの種としてくれてしまう。

だが、天狗というものはそうはいかない。元々人間の修験者であったものが外法《げほう》に堕ちて成ったもの。あるいは山神が形を成したもの。インドの神であったもの。烏、狗《いぬ》、猿、男に女と、連中はいったい元々が何であったのかひとまとまりにできない。

ゆえに、あやかしに関わるものたちは、天狗に関する事柄を扱う時にはまず「その天狗は何者であるのか」を知る必要があった。

と、そのように、複雑怪奇な天狗の出没。しかし、それだけで、わざわざ帝都の名家、榊家の御曹司が出張る理由にはならない。榊隆光は今や赤狐隊の隊長であり、鏡役小坂源二郎とその細君あやかし姫を管理観察する使命があった。

それらは己の親兄弟の冠婚葬祭よりも優先されるべきであり、天狗出没程度ならその土地の役人に任せる、あるいは隊士の一人でも派遣して調査させる、のが適切であった。

が、そうはいかない。

そうは、できない理由があった。

§

早池峰山のふもとには温泉があり、地元の湯治場として古くから親しまれてきた。しかしそれも、黒船来航後、若者たちが帝都に多く集まり、地方が徐々に寂《さび》れて年寄りだらけになってからは勢いがなくなった。

その湯治場の管理をしていた万吉《まんきち》という男は、隆光を丁寧に迎えると、己の身に起きたことを話し出す。

「へぇ。それで、湯治に浸かっておりますと、湯煙の中から見たこともない大男がぬっと現れて『もう約束の時はとうに過ぎた。返してもらおう』とおもむろに言い放ってきたのでございます。その大男、赤い顔に長い鼻、太い眉にぬっと飛び出た眼球の強面。

「これはまさに、天狗様に違ぇねぇと思い、帝都の倅《せがれ》に知らせたのでございます」

　万吉はひどい東北訛《なま》りだった。隆光は万吉の言葉を標準語に置き換えて聞きつつ、自身がここへ来た経緯を思い返した。

　万吉の次男、佐々木仁平《ささきじんぺい》は帝都にて軍籍にあり、高級将校の書記官を務めている。面長で大人しい性質だが、細かな気配りもできるので上官に大層気に入られていた。

　次男坊は、書記官の常として軍の内情も承知しており、あやかしと人の理《ことわり》の違いから生じる様々な問題も心得ていた。

　扱いの難しい天狗が己の父の前に現れた。それも何かしらの催促。これはあまり悠長に構えられる問題ではないとの判断もあって、仁平は上官に里帰りを願い出た。

　常日頃から己に尽くしてくれている書記官の願いである。上官は快くそれを許可し、孝行者のご子息であられると一筆したため、土産まで持たせて送り出した。

　が、その一週間後、軍へ、仁平宛に万吉からの手紙が届く。

『いつ戻ってくるのか、それが無理なら何かせめて返事の一つでもくれないだろうか』

　佐々木仁平はどこへ行ったのだろう？

　天狗の名が出てからの里帰り。からの、失踪。当初軍内では里帰りを隠れ蓑《みの》にした逃亡ではあるまいかと、そう噂になった。だが仁平の周辺にこれといったトラブルもない。

故郷へ帰るというていで女と駆け落ちしたのではあるまいか。

そういう話になりかけて、仁平の上官が激高した。上官は仁平を庇《かば》った。あの仁平がそのようなことをしでかすわけがない。これにはきっと何か仔細があり、仁平の身に何か起きたに違いない。

天狗の名が出た。ゆえに、これはあやかしの関わる事件であると、そうなった。

そして、上級将校殿のコネやら何やら、いろんなものが惜しげもなく使われて、対あやかしにおいてはエリート中のエリートである榊隆光が、出張るハメになったのである。

「それにしても、倅《せがれ》は帝都で立派にお務めを果たしているのですなぁ」

万吉は息子が行方知れずであることは知らされていない。隆光がここに来たのは、息子に頼まれて、素人の息子よりも専門家が来た方が父の力になれるだろうから、とそのように説明した。

それであるから、万吉は己の記憶では頼りない次男坊が、今や帝都軍人を一人村に派遣できるほど、周囲から信頼され発言力もある軍人になったのだと嬉しそうに顔を綻《ほころ》ばせる。

榊隆光は見た目はすっきりとした、軍人というよりは政府高官、議員か政治家か、それか銀行家というように身なりの立派な青年である。田舎の老人の目には頼もしく映った。

万吉の案内で、隆光は湯治場を調べる。これは調査であるので、あやかしに縁《ゆかり》のある品も使う。そのため、礼を言うと、万吉は家に帰した。

天狗が来た、というのはその一度きり。であれば、なんの痕跡もないだろうと期待はしていなかった、が。

「……」

隆光の軍服が赤く染まる。ひと月以上前、に、天狗が現れた。と、その証言を信じるのなら、ひと月経っても未だにこの場の理《ことわり》を変えられるほどの神通力、あるいは妖力のある存在がこの遠野の郷にいることになる。隆光は顔を顰《しか》め、さて、と思案する。

下手をすれば件《くだん》の天狗というのは山神の一種ということになる。あやかし姫や、天狐殿ならいざ知らず、山神ほどの天狗は己の手に余る。

湯治場を離れ、ふもとの村で飯を食う。飯屋はない。湯治客がそれなりにいた頃宿場だった場所に住む老婆が「帝都からの軍人さんかぇ」と隆光の世話を焼いてくれた。

「随分《ずいぶん》と寂しくなっちまったものですよ。この村もね、前はあちこちから人が来て、やれ腰痛だなんだのと体を治しに来たんですよ。万吉さんも大変だね。もうすっかり寂《さび》れた湯治場を、まだ守ってらっしゃる」

万吉は妻を亡くし一人暮らし。長男は隣町の娘を嫁にもらったらしいが、一昨年山崩れで亡くなって、万吉は親族のいるこの土地でなんとか暮らしているようだった。

老婆は話し相手が欲しいのか、隆光の椀に二杯目の芋粥《いもがゆ》をよそいながら続ける。

「あの温泉はねぇ、百年くらい前に外法様がその傷を癒しに来たって言うくらい、効能があるそうだ」

「なるほど、ご婦人、あなたもどうりで若くお元気そうだ」

「ほほほ、帝都の軍人さんは世辞がうまいわぁ」

「ところで、外法様というのは？　何分不勉強で。お坊様のことでしょうか」

外法様、というのは、いわゆる天狗のことであると、隆光は知っていた。だが、万吉の手紙には天狗は天狗と書かれていた。外法様、というのがこの土地での天狗の呼称であるのなら、万吉の手紙にも外法様、と書かれるべきである。

老婆は「はて」と首を傾げた。

「どういうお方なんだろうねぇ。外法様は外法様だよ。そういう風に言われてる。軍人さんは妙なことを聞くねぇ」

夕食には芋粥《いもがゆ》と山菜、それに味噌汁が出された。味つけは、隆光の舌には濃い。東北らしい味だ。源二郎は、そういえば餅にも味噌をつける。塩っ辛いほど濃い味つけを好んでいて、茶で流し込む姿を思い出し、隆光は笑みを浮かべた。

「それで、ご婦人。その外法様の話は他にはありませんか？」

「うぅん？　そうだねぇ。外法様は遠くから湯のためにいらした。確かその時、万吉さんの先祖の家に泊まったとか……それで、万吉さんの家は湯治場を任されるようになったそうだよ。外法様がいらしてくださって、村は栄えた。万吉さんの家も繁盛して、一時は立派な屋敷まで建ったんだがねぇ」

数年前に、地震があって屋敷は崩れたそうだ。その時に万吉は妻を亡くしている。

「数年前、正確にはどれくらいです？」

「うん？　確か、うぅん、昔がどれくらいだったかなんて聞かれるのはおっくうだよ」

「すみません。ですがもしかして——万吉さんのところのご次男が、帝都に行かれた年ではありませんか？」

「あぁ、そうだ。そういえばそうだね？　それで、せめて仁平さんは巻き込まれなくて良かったと話したものだよ」

答えられてすっきりしたと、老婆は前歯の抜け落ちた顔で笑った。

食後には茶色に紫を加えたような妙な色のお茶を入れてくれて、隆光の寝所を整え、死んだ夫の若い頃のものだという浴衣まで出してくれた。

その夜半。

隆光は視線を感じて目を覚ました。元々眠りは浅い。素早く飛び起きて、刀を構える。浴衣の下には妖狐の毛を織り込んだ肌着を着ており、向けられた金縛りを易々と撥《は》ね除けた。

「天狗……いや、外法殿……だったらいいんだけどなぁ。どうも、そうじゃないね」

向けられた敵意、殺意。あやかしに悪意があろうはずもなく、であれば相手は人間だ。さて、周囲にずらりと、鎌やら鍬《くわ》を持ってにじり寄るのは、さてどう見ても田舎の村人である。

「おい、婆。どういうことだ。この若造、動けるじゃねぇか」

と、畑道具を凶器に変えようとしている元村人、今は加害者候補の一人が、部屋の障子の向こうに文句を言う。びくり、と怯えた気配があった。そこにいるであろう老婆が何か言う前に、隆光がけろり、と笑う。

「残念だけど、ぼくに毒やなんかは効かなくてね。ご婦人がぼくを助けようとしてくれたとか、そういうことは、残念だけどないんだ。本当に残念だよ。お年寄りは大切にしたいんだけどねぇ」

ちっとも残念そうには感じられない口調と表情で言う。隆光としては親しみのある笑顔だと思うのだが、それをこの場で浮かべている奇怪さ。村人たちは一瞬たじろぎ、しかし、うち何人かが勇気を奮い起こして、隆光に挑みかかった。

「ひ、ひぃぃっ！」

「ひぃぃっ！」

挑んで、斬られる。斬られる。

隆光に遠慮はない。元々そういうつもりでこの村に来た。こうして一か所に集まってくれて助かる、とさえ思っている。

（この姿を源二郎に見られたら、舌を噛んで死のう）

と、今、冷酷に迅速に無慈悲に容赦も遠慮もなく、村人たちをざっくざくと斬り、悲鳴を上げて逃げ出す老婆の髪を掴《つか》んで足蹴にし、その喉《のど》に刃を立てながら、隆光が唯一人間らしい思考で考えるのはそのくらいである。

◆　◆　◆

早池峰山、ふもとの村には古くより天狗伝説が残っていた。

その天狗殿はどこぞより流れてきて、傷を負っていた。なんぞの争いに敗れたのだろう。当時は天狗ではなく、もしやもののふであったのやも知れぬ。そういうものが転じて天狗になることは、日の本ではよくあることだった。

とにかくその天狗殿、村の湯で傷を癒し、その村の平凡な男の手厚いもてなしを受けた。男は天狗殿が「己は早池峰の天狗である」と名乗ったので、信心深い田舎者らしく「なるほど、それならば厚くもてなさなければ」と信じた。

山の中で食べられるものは木の実や生肉だけだろうからと、酒や焼き魚、それに鳥をしめて焼いて、ひと月ほど、男は天狗殿をそれは大切に扱った。

天狗殿をもてなすために、貧しい男は家の中のものを売り、銭を作った。普段、己はひえや粟《あわ》ばかり口にしている男が、毎日酒を振る舞い、魚を焼いた。男は信心深く、そして愚かだった。己の将来の心配も不幸も顧みず、ただ目先の、天狗殿をもてなすということを優先した。

ひと月経って、天狗殿の傷も癒えた。随分《ずいぶん》細く、枯れ木のようになった男は「ようございましたね」と天狗殿の全快を喜んだ。

そして、栄養失調と飢餓で死んだ男が、万吉の先祖である。

◆　◆　◆

さて、現代。

榊隆光は、ぐるりと、周囲を見渡した。老人や中年ばかりがわずかに残った、もはや村とは呼べぬ集落の人間は五十人に満たない。その大半が既に隆光によって躯《むくろ》と化している。

「善行、善意によって、亡くなった男の躯《むくろ》は山に埋められました。外法様は以来、神となり、佐々木の家は栄えた。代々、長男には何も知らせず、その善性を保たせています。次男と、そして外法様を助けようとしなかった当時の村人の子孫は、以来ずっと、呪われているのです」

村長と言う老人が、血反吐《ちへど》を吐き、もがきながら隆光に村の成り立ちを白状する。なるほど、蓋《ふた》を開ければ容易《たやす》いこと。

この村、全体が呪いによって生じていたらしい。

最初に天狗殿、いや、おそらくは戦から逃げ延びた武士が、善良で善徳な男を騙したことから始まった。

そして、山には神がいたのだろう。信心深い、己の信者がどこぞの落ち武者に騙され死んだ。山の神は男を憐れんで、助けた相手は落ち武者などではなく真に天狗であったと、男の死は無駄ではないと、そう変えた。天狗を助けたという結果だけを真実にすれば、男は立派な最期を遂げたと、誉れであろうと、山の神は満足した。

だが、呪われ人外の身に置かれた元落ち武者、天狗殿はたまったものではない。天狗殿は村を呪った。だが万吉の先祖、その長男だけは呪えない。長男だけは、万吉の善性を受け継いでいる。それは山の神に守られていた。

「仁平はどこだ?」

天狗殿の正体はわかった。人間だったものなら、どうにでもできる。だがまだいくつか解せぬ点があり、隆光は慎重に、村長の首を絞めながら問う。首が絞まれば苦しく、口など利《き》けない。失禁し、白目をむく憐れな老人がこと切れるぎりぎりで解放した。

隆光は返り血ですっかり赤くなった浴衣から、自身の軍服に着替える。やはり、赤狐隊の隊服も赤く変化していた。この場に、強力なあやかしがいる。だが姿が見えない。

「この村のことなどどうでもいい。なぜぼくを襲ったのかも。問題は、天狗殿が何を『返せ』と言ったのか、そして、佐々木仁平はどこへ消えたのかだ」

誰が答えるわけもない言葉をぽつりぽつりと吐く。思案する。

ビュウッ、と風が吹いた。強くて、一瞬体がぐらりと揺れる。そのまま、隆光の体は殴られた。

天狗殿のお出ましだ。

「約束の時はとうに過ぎた。返してもらおう」

赤い顔に、長い鼻。いかめしい、鬼瓦のような形相。修験者の装い。おおよそ人が思い描く天狗の姿そのものである。大男は短く言って、隆光を睨みつける。

「さて、何かな？　借金、ものの貸し借りはしないようにしているんだけれど」

「貴様ら帝都のものどもが奪った我の宝である」

「奪った？　返せと言うなら貸したんだろうに。奪ったとは、それはそれで、話が変わるなぁ」

へらり、と隆光は笑ってかわす。元は人間だという天狗殿に、神性は感じられない。目にしただけで平伏してしまうほどの神通力を持つ天狐殿と比べるまでもない。

「佐々木の小倅《こせがれ》は我の宝を持ち出した。我が山神として力を使える弓と下駄だ」

「……それは神器のたぐいだね」

「そうだ。佐々木の次男坊は我に請うた。帝都にて立身出世し、この村を救うと。そのためにはまず手柄がいる。山神の権能を宿した神器を持っていけば、軍の上のものに取り立ててもらえると言っていた」

（話が変わってきたな）

隆光は薄い笑みを浮かべ、首を傾げる。天狗殿は話を続けた。

「一年で戻ると言った。だが二年、三年経ってもなんの便りもない。我の力は見てのとおり張りぼてよ。山を抑える力もない。五年経った。このままでは山が崩れるぞ」

「残念だけど、宝は戻らない。帝都が神器を手放すものか」

己がこの村に派遣された。その理由は何も、ただの上級将校の我がままというだけではない。なるほど、聞いていた話と少し違うが、まぁ、望まれる結果というのはわかった。

§

「残念ながら、佐々木仁平の行方はわかりませんでした」

帝都に戻り、軍務室。上級将校柊成正《ひいらぎしげまさ》へことの仔細を報告する隆光は、まじめな帝都軍人の顔をしている。

「そうか。残念だ。おそらく天狗に攫《さら》われたのだろう」

柊将校は彫りの深い顔に、悲しみの色を浮かべ目を伏せる。己も大概仮面をかぶることに長《た》けているが、この男も中々に役者である。ここは「おそらくは」と相槌を打つべき場面であるので、望まれるままに振る舞った。

「村人たちは天狗の逆鱗に触れ、私が到着した時には全て殺されていました。天狗に殺されたものたちですので、死体は全て炎で弔いました」

「あやかしに殺《あや》められれば化生《けしょう》と成る可能性がある。貴官の判断を私は肯定しよう」

「はっ」

ビシッ、と、隆光は背筋を伸ばす。

柊家と言えば軍内にて強い発言力を持つ名家だ。数々の神器やあやかしに縁《ゆかり》のある品を持ち、その品々を研究して、軍事利用できるように貢献しているからである。

いかに名家といえど、家宝が大量にあるわけもなし、いったいどこから大量の神器を集めてくるのかと気にはなっていたが。

「村人たちは残念だったが、あのあたりの土地にはかなりの価値があったな。佐々木仁平の弔いに、私はあの周辺を買い取ろうと思う」

「さようでございますか」

「あぁ。山を拓《ひら》いて道を通せば、物流が整い人々の暮らしが豊かになる。帝都だけではなく、この国はすみずみまで、満ち足りなければならない」

軍事力向上の目的は、とどのつまり、富国強兵の思想ではなく、愛国心ゆえだよ、と柊は語る。それについて、隆光はなんの言及もしない。

ただ、八百万《やおよろず》の神々やそれ以上のあやかしが暮らすこの国。文明開化の音と共に滅びるはずだった彼らが、存在して当たり前の世になった。それらを排除しようという動きがあることを、隆光は理解している。

脳裏に浮かぶのは、己の親友、その夫婦。あやかしと人の橋渡し。源二郎とあやかし姫のままごとを、どうにかこうにか、続けさせてやれないかと、そう思っている。

二　幸せな娘

「暇だ。何か芸をしろ」

天狐殿のお相手をするのは己の役目ではない。と、それを承知ではあるが、かと言って、この場に他に適任者がいないことも理解している。

時折、あやかし姫——今は小坂千花子という名で呼ばれる妖狐の姫——の様子を見に来るようで、洋装で揚々《ようよう》とした陽気な顔の、妖気と神気を振りまく存在に、榊隆光は目眩《めまい》がした。

くくりとしては妖狐のたぐいであれど、天狐と言えば高い神通力を持つ、神仏に近き存在。そういう高位の存在が、暇潰しにやってくる。いかに赤狐があやかしを扱うことに長けた集団であっても、平の隊員には荷が勝ちすぎている。

と言って、上級隊員たちに相手をさせるわけにもいかない。彼らはあやかしを滅ぼす、あるいは封じることには長《た》けているが、どいつもこいつも性格に難ありで、接待なんぞできやしない。

天狐殿が源二郎を妙に気に入ってしまった。らしくもなく個人的な考えであるが、神田湊としても榊隆光としても面白くない。であるので、可能な限り接触させたくない。

ゆえに、消去法で残る適任者は榊家の御曹司であり、赤狐の隊長である己だと、隆光は数秒の後にたどり着いて、諦めた。

「天狐殿、突然ですね」

「貴様のその胡散くさい顔を眺めるにも飽きました。何かしろ」

どういう無茶ぶりだろうか。暇なら帰れば良い。わざわざ帝国常夜軍、対あやかし部隊の隊舎のある場所までやってきて、ふんぞり返ってなどいないで。天狐殿にもいろいろお役目があるだろうに。

「何か、とは途方に暮れますね」

「鏡役と違い、貴様は器用な質《たち》でしょう」

「源二郎はあの不器用さが良いのです」

「っは。小賢《こざか》しい」

親友の話になれば、榊隆光は一瞬その仮面がはがれて神田湊の顔になる。

本来は神田湊という顔の方がまやかしであるのだが、だがしかし、妙に、奇妙に珍妙に、隆光は神田湊の顔の方が己の本分であればいいというような、願望があった。

「貴様はそれほどあの鏡役と懇意にしていながら、よくもまぁ、嫁をあてがうような真似ができたものですね。貴様が余計なことをしなければ、末姫は我が庭で歌っていたでしょうに」

さて、ここで肯定も否定もできない。どちらも無礼だからだ。そういう時は答えない。答えぬまま、微笑んで目を伏せるに限る。

フン、と天狐殿が鼻を鳴らした。そういう粗野な仕草をしても、天の狐は目眩《めまい》がするほどに美しいのだから、全くもって、顔がいい生き物は得である。

「そういえば、市井《しせい》の子どもたちの間で、時折妙なことが起きるそうです」

「ほう」

退屈紛れにというほどではないが、ふと、誰か隊員を調べに行かせようかと思案していた案件を思い出す。

「帝都に霧が現れ、夜がいっそう深くなりはしましたが、天に日輪ある時は子どもというのは元気に駆け回るもの。天狐殿やあやかし狐の一族のお力添えもあり、この浅草には子どもたちが集まり、安全に、自由に遊べる公園が作られました」

これまで子どもというのは、近所や川辺、神社や寺の境内で好き勝手に駆けて遊んだ。だが馬車や自動車、人やあやかしの往来が活発になると、子どもが事故にあったり、あるいはよそ見をした子どもが大人やあやかしに無礼を働き問題になる、ということが起きる。

とはいえ、子どもというのは元気に駆け回るもの。大きな声を出し、はしゃいで力一杯遊ぶことを、どうして押さえつけることができようか。それなら、安全に自由に、子どもらが過ごせる場所があればいいのだと、公園が作られた。

「近所の子どもたちが集まって遊ぶ、あちこちから子どもが集まってくる。ですが、そうは言っても誰かは誰かの友で、あるいは顔見知りです。最初は五人が十人になっても、子どもというのは名乗り合わずとも遊べます。しかし、五人が十人、十五人と、増えるのはいいにしても、時折、妙な子どもが交ざるそうで」

子どもたちは夢中になって遊ぶ。遊んで、さぁ、そろそろ帰ろうかということになる。

その時に、そういえば遊びながら、知らない子どもが交じっていた、と思い出す。遊んでいる時は、別段なんの違和感もない。誰かの友達だろう。皆がそう思う。

ただ、思い返してみると、知らない子がいた。そして「あれは誰だったんだろう」と、気づく。しかし、気づくといない。いや、いるような気がするのに、誰が「増えて」いるのか、わからない。

「特に問題があるわけではありませんが、不思議でしょう」

「我らのたぐいであると考えるのですか」

話を終える隆光に、天狐が目を細める。さて、どうだろうかと隆光は微笑んで目を伏せた。

奇妙な子ども。不思議な存在。そういうものは、あやかしのたぐいであると当てはめられる。そうすると、それはそういうものだという気になる。

「天狐殿は、どう思われますか」

「出かけましょう」

問うが、答えではない言葉が返ってきた。ぱちん、と天狐殿が手を叩く。祭り囃子《ばやし》のような、軽快さ。一瞬、隆光は自分の隊服が真っ赤になったのを目の端で捉え、しかし、一気に視界が暗くなった。

意識を失った、のではない。

体が縮んだ。ゆえに、衣服が緩くなり、布で視界が遮られた。

「ははは、生意気そうな童《わらべ》ですね」

「お戯《たわむ》れが過ぎます。天狐殿」

再びぱちん、と手拍子。瞬くうちに、縮んだ体にぴったりな寸法の、子ども服を着ている。笑う天狐も子どもの姿。和装の隆光に対して、天狐殿は短い洋袴《ズボン》にシャツとベスト。隆光の姉が見たら叫び出しそうなほど愛らしい、外国の子どものようだ。

「さて、行きましょうか。子どもが増える、それを見たい」

§

「あぁ、なるほど。交じっているな、一人」

浅草寺の大通りから離れた広場に到着するなり、天狐殿はその美しい瞳をすっと細めて呟いた。目先には近所周辺の子どもらがわらわらと集まって遊んでいる。

子どもの遊びというものは、ままごと遊びをして座っていたはずの女子がいつのまにか隠れ鬼に興じていたり、何がどうこうということはなく、とどのつまり、大人の秩序に触れず自由奔放に過ごせる場であった。

「ではこれで――」

気が済みましたかと隆光は続けたい。子どもの姿にさせられて、職務中であるのに隊舎を出た。己の立場や、そして天狐が来ていたことから、誰かに咎《とが》められることはないが、面倒事はごめんだ。

「交じっているのはわかります。が、区別がつかない。なるほど、なるほど。これは、これは。赤狐の仕事のようですよ」

「……と、仰《おっしゃ》いますと」

天狐は微笑む。おおよそ最上位に位置する力を持つ天の狐が、この子どもたちの中に交ざった「人間ではない異質な存在」を見分けられぬということが、隆光には信じられない。プライドの塊である天狐がそれをあっさり認めたことも妙だ。解せぬ、という顔で眉をひそめ、子どもたちの方へ視線を向ける。

少年少女が合わせて八人。そうそう多いというわけではない。隆光は子どもらの服装や顔色を注意深く観察したが、誰もが普通の、人の子どものように見える。

「確か……貴様らの上役が、蛇血の一族のものと繋がりを持ちたいと願っていましたね。どうでしょう、貴様がこの中から人ならざるものを見つけ出し、それが正しくあったのなら、私が口添えをしてやりましょう」

「……それは、ありがたいことですが」

「では熱心に熱烈に興じなさい」

それにどんな利点が、天狐殿にはあるものか。問うことは当然認められない。ので、隆光は考察するしかない。あやかしと付き合うというのはそういうことだ。相手が何を考え望んでいるのか考える。考えるばかりで、正解かどうかはわからない。

天狐殿はそれを言ったきり、己は木陰のベンチに腰かけた。隣のベンチには、品の良い夫人が侍女を伴い涼んでいる。この中の子どもたちの誰かの親だろう。子どもらだけでは不安、あるいは家の外に出る理由が持てない細君が気張らしに外に出たのか。

さて、どう子どもらの中に入り込めばいいものかと隆光は困惑した。子どもらしい振る舞い。そういうものが己にあったかと思い返すと、榊の家に生まれた己にそんな余裕があったわけがない。

(子どもの頃、子どもの……時代。そういえば昔、ずっと、前。大きなお屋敷に遊びに行った)

遊びに？　いや、そんなのんきなことが許された覚えはない。

隆光は一瞬、違和感を覚える。だがそのままに、子どもらの輪の中に進む。すると、自然と、するり、と入り込めた。

「よぉ！　なんだ、おまえもやるか⁉」

「石を蹴るんだよ！」

「地面にまるが描いてあるだろ、そこに入れるんだ！」

いつのまにか隆光は、子どもらの中に入って石蹴りに興じていた。誰も彼も隆光に対して「誰だ？」と不審な顔をしない。子どもというのはそういうもので、そういう風に名前も何も知らずとも遊べる。

（懐かしい。こうして、前も、こうやって……）

遊びながら、隆光にも違和感がない。

こういう遊びはよくやった。昨日もその前も、こうして皆と遊んだものだ。集まった友達。名前は知らないが顔見知りだ。昨日もその前も遊んだ。

隆光は石を蹴り、友達と声を上げてはしゃいで遊んだ。

◆　◆　◆

「坊やは遊ばないの？」

木陰にて。隆光の様子を眺めていた天狐は近くにいた和装の夫人に声をかけられた。

侍女に日傘を掲げられ、涼しげな色合いの和服は儚《はかな》げな印象の夫人によく似合う。坊や、と呼ぶ声は慈母のやさしさに満ちており、天狐は顔を上げて微笑んだ。

美しい少年の微笑みに、夫人に侍《はべ》る侍女がはっと息を呑む。

「僕が交じると、怖がるでしょう？」

「……その髪、瞳。外国の子なのかしら。でも、こちらの言葉がお上手ね」

「ありがとうございます、奥様」

「ここの子どもたちはみんな良い子だから、あなたの外見で意地悪を言うようなことはないと思うわ。安心して遊んでいらっしゃいな」

「肌が弱いのです。こうして木陰にいる分には良いのですが、こうも日が高いと。こうして皆の様子を見ているだけで十分です」

天狐は人を化かすことにそれほど苦労はない。するりするりと、嘘をつく。

狐のあやかしは皆そうだが、他人へ吐く言葉が真実かどうかなど気にしない。人間が他人へ嘘をつく時に感じるやましさや罪悪感というものは、人間が「嘘は良くないものだ」と教えられている、あるいは嘘で隠したいやましいことがあるからゆえのものだが、狐のあやかしらは、人間に対して自分たちがどう振る舞おうと、やましさなど感じない。

「友人が連れてきてくれたのです。いつも家に閉じこもってばかりなので、たまには外に出るべきだ、と」

と、天狐は子どもらに交じっている隆光を指さした。

「まぁ。とても明るそうな子ね」

「えぇ。とても気の良いやつです。いつもすぐに周囲に打ち解けられる。ここには来たことがないと言っていましたが、まるでこのあたりで育った子どものようにはしゃいでいますね」

「坊やもきっとすぐにみんなと仲良しになれるわ。大丈夫、怖がらないで」

夫人はやさしげなまなざしで天狐を見つめ、手を伸ばした。

ふわりと漂う香のにおい。歌うようなやさしい声で、さぁと誘うその四肢。

「――この私に、人間風情が触れるな」

これが幼い愛情に飢えた子や、あるいは人間の男であればころりと絆《ほだ》され陥落しただろう。が、相手は何様おれ様天狐様である。

ばじりっ、と夫人の手が天狐の発した電気で焼かれ、ぴたり、と子どもらのはしゃいでいた声もやんだ。

「あれ？　おいらたち、何してたんだっけ？」

と、きょとん、とする。先ほどまで遊び呆けて、それが己らの今日の仕事だ役目だ使命だとばかりに振る舞っていた子どもたちが、めいめい「家に帰って、手伝いをしないと！」と慌て出す。

わぁっと蜘蛛の子を散らすように、広場から子どもたちが消えた。残るのはぼんやりとした子ども、榊隆光と、そしてもう一人。

「家の外に出ているおまえを見るのは珍しい」

じっと、天狐と夫人へ視線を向けている子ども。赤い着物に黒い髪。吉原の禿《かむろ》のような髪型に、細い目。

天狐が声をかけると、子どもはすぅっと、細い目を更に細めた。

「狐か」

「然様《さよう》」

「天狐とは珍しい。人里には降りぬものと思うておったが。そうか、このあたり。末の姫が嫁いできた、とは聞いたような気がする」

天狐は微笑む。そして相手の出方を待とうとしたけれど、それより先に、手を焼かれた夫人が、無事な方の手を振り上げて、天狐を打とうとした。

「この！　よくも！　ようやく！　あと少しだったのに！」

当然、ただの人間の女の暴力が天狐に当たるわけもない。するり、と避けて雷で焼こうとしたが、赤い着物の子どもがぽん、と手鞠《てまり》を打つと、夫人の周りに結界が張られた。

「天狐。おれの可愛い守り子にひどいことをされては困る」

さて、天狐と言えば神仏に近しい神通力を得た、妖狐の最上位の存在である。そういう天狐の、本気ではないにしてもそれなりの威力のある雷を、ぽん、と手鞠《てまり》遊び一つで防いだこの童女は何者か。

当然、人間ではない。

「そのおまえの可愛い守り子とやらは、おまえの庇護を随分《ずいぶん》と嫌がっているようですが？　座敷童と言えば人間種はこぞって招きもてなし、懇《ねんご》ろに扱うはず……これはこれは、面白いですね」

その童女。本性を座敷童。古くから人間社会に密着して受け入れられてきたあやかしの一つである。あやかし、というより、その力は神の部類に近い。

それゆえ、守りという一点においては天狐を凌《しの》ぐのは道理である。

「嫌われようと疎《うと》まれようと、おれは梓《あずさ》を守ると決めている。これはおれのあり方で、狐がどうこう介入するな。おまえたちは人間をたぶらかして没落させる。おれは守り繁栄させる。領分をわきまえよ」

夫人の名は梓というらしい。名を呼ばれ、熱烈な感情を向けられ、しかしその顔には嫌悪感がありありと浮かんでいた。全身で、全力で座敷童を拒絶している。

それでも、人間にどう思われようと、人ならざるものはそれで己らの振る舞いを変えたりはしないのだ。

しかし梓夫人。なぜ座敷童を嫌うのか。

あやかしというものは人に疎《うと》まれることもあるが、こと、座敷童というものは人間の中でも人気が高いはず。可愛らしい童女の姿、遊ばせていれば家が栄える、商売も繁盛すると、福の神に近い力を持つ。そういうものを、人間はありがたく思い、丁重に扱うはずだ。

「もう嫌なのよ！　子どもの頃、私が少し遊んだ……それだけで、貧乏長屋だったうちの一家は、富くじが当たって立派な家を構えて、ぼてふりだった父は金貸し屋になった！　その縁で、私は今の良い家の内儀に迎えられたけど……！　私が座敷童憑《つ》きだから迎えられただけ！　私が嫁いだあと、実家は潰れた！　廃《すた》れた！　座敷童が私と一緒に家を出てきたから！」

夫人に座敷童が憑《つ》いていることは、父親から、嫁ぎ先へ知らされていた。元々は貧しい町人の子が名家に嫁げたのは、維新後に傾きかけたお家を座敷童の力によって持ち直すためらしかった。

　梓夫人が嫁いで、家は持ち直した。政府から良いお役目を頂き、没落を免《まぬか》れた、運の良い家となった。梓夫人の役目は、毎朝毎晩、座敷童の相手をすること。その座敷童は子どもの頃から、じぃっとじっと、梓を気に入って離れない。

「私の家族は全員死んだ！　なのに私だけが幸福でなどいられるものですか！」

　女が叫ぶ。その必死さ、憎悪さえこもった醜い顔。天狐は顔を顰《しか》めた。

「と、言っていますが？　座敷童として、いろいろ間違えているのでは？」

　だが、座敷童は能面のような顔に、感情らしいものはまるで浮かべず口を開く。

「おれの何が間違えているのだろう。良い嫁ぎ先を得た。家族は金の無心に来るかも知れぬから、そうそうに縁を切らせた方がいいだろう。梓は今や立派な家の夫人なのだ。人間というのは身分を気にするものだろう？　梓の嫁ぎ先は、梓を大事にする限りはおれは見放さず栄えさせてやると約束しているから、当主は梓に傷をつけないし、舅姑《きゅうこ》は梓に口を利《き》くこともない。梓は綺麗な着物を着て、うまいものを食べて幸福だ。外に出ることも許しているし、望めばなんでもおれが手に入るようにしてやる」

　なるほど。それは確かに、何が不満なのかと天狐も頷いた。

「ふざ、ふざけないで！　なぜそれが私の幸せなの!?　家族から離され、女として、母になることもできず……！　ただおまえの遊び相手になるだけで、餌を与えられているだけじゃない！」

「なぜだ？　何が不満だ？　世の女というのは家に入り、己の血の繋がりもないものの世話をさせられ、子を産む道具のように扱われるのだろう？　冷えた台所で飯を食わされ、夫には逆らえぬ弱い立場になるのだろう？　男に汚されぬ清らかな体のまま、幼い頃のまま、おれの傍にいてくれればそれでいい」

さぁ、そろそろ家に戻ろうか。そう座敷童が微笑んだ。手鞠《てまり》をぽーん、と高く上げ、落ちる頃には彼女らの姿は消えている。

あとに残されたのは、ぼんやりとした隆光。子どもの姿のまま、立ち竦んでいる。

◆

◆

◆

「……つまり？　どういうことです、天狐殿」

はたり、と瞬きをして隆光が天狐に問うた。

訓練を積み、生まれ持ってあやかしの術や不思議に耐性のある隆光も、座敷童の前ではどうしようもない。座敷童が「遊ぼう」と思っていれば、子どもは自然と従う。

隆光の内心は荒れていた。無遠慮に自分の心に入り込んで、ありもしない子ども時代の思い出を刷り込まれ、このような醜態《しゅうたい》。

しかし喚《わめ》くようなことはしない。すました顔をしていると、それが天狐には面白くなかったらしい。

「あの梓とかいう女は、まぁつまり、己の身代わりを探していたのでしょう。座敷童を公園で遊ばせ、気に入った子どもがいればその子どもについていけと。座敷童の方は女の思惑を知りながら、遊んでいるようでしたが。神に近しいあやかしに気に入られて、何が不満なのでしょうね？」

天狐は笑って、ぱちん、と子どもの姿になる術を解いてきた。

「この場で⁉　やめてください！　公然わいせつ罪になる‼」

体が大きくなれば、今の衣服は当然破れる。隆光は全力で拒否しようと大声を上げるが、そんなことでやめてやるやさしさは天狐にはない。いや、これは夕暮れまでに元の姿に戻れないとずっとそのままであるから、ちゃんと解いてやろうという天狐の親切心かもしれない。

全裸で大人の姿に戻された隆光は、その後小坂源二郎が衣服を持って迎えに来るまで、広場の枝の多い木の上に登って隠れ潜んで、なんとか犯罪者にならずに済んだ。

最愛の母を亡くし、天涯孤独の身となった高校生のひなこ。悲しみに暮れる中、出会ったのは、端整な顔立ちをした男性。生前、母は彼の家で通いのハウスキーパーをしていたというのだが、なんと彼は、ひなこに契約結婚を持ちかけてきて——
訳アリ夫＋連れ子四人と一緒に、今日から、契約家族はじめます！　ひとつ屋根の下で綴られる、ハートフル・ストーリー！

◎定価：本体640円＋税（1巻）、本体660円＋税（2巻）

◉illustration:加々見絵里

小谷杏子
Kyoko Kotani
おいしいふたり暮らし
Oishii futari gurashi
今日もかたよりご飯をいただきます
第3回 ライト文芸大賞 大賞 受賞作品
クールで過保護な年下彼氏が
アナタの胃袋監視します♥
「あたしがちゃんとごはんを食べるよう『監視』して」。同棲している恋人の垣内頼子《かきうちよりこ》に頼まれ、真殿修《まどのしゅう》は昼休みに、スマホで繋いだ家用モニターを起動する。最初は束縛しているようで嫌だと抵抗していた修だが、夕食時の話題が広がったり、意外な価値観の違いに気付いたりと、相手をより好きになるきっかけにつながって——
◎定価：本体660円+税　◎ISBN:978-4-434-28655-1
◎Illustration：ななミツ

この作品に対する皆様のご意見・ご感想をお待ちしております。

おハガキ・お手紙は以下の宛先にお送りください。

【宛先】

〒150-6008 東京都渋谷区恵比寿 4-20-3 恵比寿ｶﾞｰﾃﾞﾝﾌﾟﾚｲｽﾀﾜｰ 8F
（株）アルファポリス　書籍感想係

メールフォームでのご意見・ご感想は右のＱＲコードから、
あるいは以下のワードで検索をかけてください。

アルファポリス　書籍の感想　検索

ご感想はこちらから

アルファポリス文庫

あやかし姫《ひめ》を娶《めと》った中尉殿《ちゅういどの》は、西洋料理《せいようりょうり》でおもてなし

枝豆ずんだ（えだまめ ずんだ）

2021年 3月31日初版発行

編　集－堀内杏都・篠木 歩
編集長－塙 綾子
発行者－梶本雄介
発行所－株式会社アルファポリス
〒150-6008 東京都渋谷区恵比寿4-20-3 恵比寿ｶﾞｰﾃﾞﾝﾌﾟﾚｲｽﾀﾜｰ8F
TEL 03-6277-1601（営業）　03-6277-1602（編集）
URL https://www.alphapolis.co.jp/
発売元－株式会社星雲社（共同出版社・流通責任出版社）
〒112-0005 東京都文京区水道1-3-30
TEL 03-3868-3275
装丁イラスト－Laruha
装丁デザイン－AFTERGLOW
印刷－中央精版印刷株式会社

価格はカバーに表示されてあります。

落丁乱丁の場合はアルファポリスまでご連絡ください。

送料は小社負担でお取り替えします。


ISBN978-4-434-28654-4 C0193